湖与元气连

余一鸣 著

长篇

天津出版传媒集团
百花文艺出版社

图书在版编目（CIP）数据

湖与元气连 / 余一鸣著. -- 天津：百花文艺出版社, 2022.10
(百花中篇小说丛书)
ISBN 978-7-5306-8324-8

Ⅰ. ①湖… Ⅱ. ①余… Ⅲ. ①中篇小说-中国-当代 Ⅳ. ①I247.5

中国版本图书馆 CIP 数据核字(2022)第 139908 号

湖与元气连
HU YU YUANQI LIAN
余一鸣　著

出 版 人：薛印胜　**选题策划：**汪惠仁
编辑统筹：徐福伟　**责任编辑：**齐红霞
装帧设计：任　彦
出版发行：百花文艺出版社
地址：天津市和平区西康路 35 号　**邮编：**300051
电话传真：+86-22-23332651（发行部）
+86-22-23332656（总编室）
+86-22-23332478（邮购部）
网址：http://www.baihuawenyi.com
印刷：山东临沂新华印刷物流集团有限责任公司
开本：700×980 毫米　1/32
字数：56 千字
印张：5
版次：2022 年 10 月第 1 版
印次：2022 年 10 月第 1 次印刷
定价：36.00元

如有印装质量问题，请与山东临沂新华印刷物流集团有限责任公司联系调换
地址：山东省临沂市高新技术产业开发区新华路 1 号
电话：(0539)2925886　邮编：276017

余一鸣 / 作者

男，1963 年生，江苏高淳人。1984 年毕业于苏州大学中文系。1984 年开始发表小说，著有长篇小说《江入大荒流》，中短篇小说集《不二》《种春风》《潮起潮落》《鸟人》《放下》《愤怒的小鸟》《慌张》等。曾获人民文学奖、紫金山文学奖、首届高晓声文学奖、南京文学艺术奖等奖项。

一　公元二〇一九年

王三月到上元村上任那天，是乡长老杜亲自送他来的。上元地处本县的西南，属丹阳乡，南边是南漪湖，隶属另一个省份，北边是水阳江和丹阳湖。丹阳乡其实是个圩子，不过，这个圩子有些历史了，据说当年周瑜训练水军和饲养军马就在此地，现在依旧保留的地名，如拴马桩、饮马渡，印证了这个传说。王三月来之前，专门查阅了本县县志，有这说法。车在圩堤上行驶，王三月坐在副驾驶座上，视野开阔，左侧是沉静的江水，隐约可以看到江对岸的村庄，右侧是郁郁葱葱的稻田，稻田之间，是纵横的水沟。这里的稻田被称为垛田，因为本来是平坦的湖底，先民们掘土成河，垒土成田。这一个丹阳圩，拥有良田五万多亩，近水，种植水稻条件得天独厚，本县有二十多个圩子，历朝历代都视此地为粮仓，所谓鱼米之乡。杜乡长指着前面树木掩映的村庄说，快到了，前面就是上元。王三月说，不对呀，上元应该在丹阳湖湖畔呀。看那左侧，依然是混浊的江水，只是江道变窄了，对面还是相对而立的长堤。杜乡长说，你认的是老皇历，丹阳湖早筑成了新圩，胜利圩，丹阳湖只剩一个名号了。王三月是学中文的，李白曾途经丹阳湖，赋诗一首——《姑孰十咏·丹阳湖》，王三月特意背下了。“湖与元气连，风波浩难止。天外贾客归，云间片帆起。龟游莲叶上，鸟宿芦花里。少女棹轻舟，歌声逐流水。”那莲叶呢？那芦花呢？那浩难止的风波呢？杜乡长哈哈大笑，说，李白是李白，王书记是王书记。假如现在的丹阳湖还像李白诗中那样，那只有是新圩破了，重回汪洋，那我这乡长你这书记，都当到尽头了。杜乡长朝窗外连呸了三下。

没进村，小车就遇到了“拦路将军”，是一群水牛，它们聚集在圩堤中间。司机不停地按喇叭，水牛却不理睬。堤下有一个老头儿，冲水牛吆喝了几声，牛群才不紧不慢地散开。剩下一头体格魁伟的黑色公牛，却转过身，瞪着一双牛眼睛与小车对峙。堤面是土路，来往的车轮轧出了两条凹槽，中间凸起了一溜路脊，不熟悉路况的司机一不小心，车就会被架在路脊上，四轮空转。黑公牛站在路脊一侧，肩胛骨一边高一边低，肌肉紧箍，牛头下压，气势汹汹。杜乡长怕了，说，倒车，倒车，别惹急了它。王三月早拉开车门，从堤下绕到了公牛的侧边。杜乡长还没来得及看清楚，轰的一声，那牛突然就侧翻了，路面腾起一团土尘，黑公牛顺势打了个滚儿，灰溜溜儿地小跑几步，朝堤下逃去。一只庞然大物迈着女人的小碎步逃奔，看上去狼狈，也可爱。杜乡长想不到王三月还有这一手，便朝王三月竖起了大拇指，说，就该派你来上元，没错。王三月谦虚地说，练过几年格斗，三脚猫功夫，那水牛四脚站位有高有低，重心不稳，借势欺了它一把。说话间，堤下的老头儿已上了路面。王三月心里慌了，他曾经开车不小心轧死一只鸡，赔了五百元，这可是一头牛，主人说把他的牛摔坏了，漫天要价，他怎么办？好在边上有杜乡长，杜乡长一眼就看穿了他的心思，说，别担心，本地民风彪悍，但以取之不武为耻，没人会在自家村口耍赖皮。老头儿敲开车窗户，朝王三月说，好拳脚。说完转身就走，任杜乡长怎么喊也不回头。看他年纪，也有六七十岁了，戴一副近视眼镜，穿一件褪色的BOSS外套，不像是本地老农民。可他肩上挑着两只粪筐，粪筐里装着新鲜牛粪，还冒着热气，手里拄着长柄粪铲，分明就是一个拾粪老头儿。杜乡长说，陈疯子，也是上元一个人物，以后你会领教他的。此人姓陈，上元全村刘姓，陈姓当是外来户。王三月在心里记下了这位拾粪老头儿。

老杜把他带到了村委会，是一幢漂亮的三层楼，矗立在大院的中央。院子的两侧各是一溜平房，合起来有二三十间。王三月从车窗看过去，这些房子的墙上都画着建设新农村的墙画，门侧是统一的标牌，近处的标牌上是“电商培训中心”，看上去有模有样。王三月大学毕业后在县政府办公室打过两年杂，后来是因为解决不了编制，才考了大学生村干部。王三月跟着领导跑过不少乡村，大多数村委会都比较简陋，有的建在撤并后废弃的小学，有的就是几间平房，这上元的村委会够得上“气派”两个字了。一位三十岁左右的女人迎上来，杜乡长介绍说，村委妇女委员卜银花。卜委员说，欢迎王书记，刘主任让我一早就在这儿恭候领导大驾。卜委员和王书记握手时，王书记发现她的指甲上做了蔻丹，不像是下地干活儿的手。衣服可以网购,这发型和蔻丹是一定要上县城或者省城才能搞定的。王三月去车上拎下行李,卜委员抢过去,领着他上了三楼,推开一扇门,说,王书记,乡下条件差,委屈你住这屋了。王三月打量了一眼,屋里摆着一张办公桌和一套沙发,电视电脑俱全。门后还藏着一扇门,推开是大床和洗漱间,原来是个套间。卜委员说,楼上有两间这样的客房,这间以后就归你住了。乡下比不得城里,你将就着住。王三月说,卜委员客气,这于我而言,已经够奢侈了。

杜乡长在二楼会客室喝茶,村主任刘四龙还没露面。卜委员说,他去县上办个事,说快回了。

杜乡长说,你们刘主任可真忙啊。

卜委员说,刘主任什么心思,还能逃得过乡长这双眼?

刘四龙本来是上元的书记,满了两届,能力强,可负面消息也不少，乡党委早想换人，只是村民选举又把他选成了村委会主任。这事杜乡长心里明白，刘四龙心里也明白。

卜委员说，闲着也是闲着，王书记，我给你讲个杜乡长的故事。

那时候杜乡长还没当上乡长，是公社计生小组组长，上元的书记还是老支书刘大宝，就是刘主任他爸。杜组长盯上了老支书的侄媳妇，她已有两个女儿，有村人报告她又怀上了三胎。老支书表态，坚决支持杜组长的工作，派饭就派在了侄媳妇家。老支书说，我这侄媳妇胖是胖了点，可腰肥的人不一定都是孕妇。这侄媳妇家就在村口，篱笆墙的院子，院里有两垄青菜，菜地边就是一个露天茅厕。那时候农民都不讲究，只图浇灌方便。杜组长一行人，进院子一眼就看到了茅厕里带血的卫生纸，副组长是女的，捣一下杜组长腰眼，说，这家女的还有月事，看样子确实弄错了。杜组长点头。吃饭时，上了一碗红烧鸡，杜组长往自己碗里拣了鸡肫、鸡肝、鸡肠子，还用筷子在那盆子里翻腾。老支书说，你找什么呢？杜组长说，找鸡血，这鸡血可是好东西。老支书的脸色一下子变了，说，老杜，你这眼睛真毒辣，罢罢罢，先吃饭，吃完了饭我让她跟你们去公社。

杜乡长说，你别听卜委员编排我。不过，这倒提醒我，不见刘四龙可以，但不拜刘大宝这个老龙头，王书记怕是在上元村行不通。

杜乡长在丹阳乡政府干了三十多年，对每个村庄的状况都了如指掌。杜乡长说，走，去拜会老支书。我们不能空着手，得把后备厢里我那两瓶烧酒捎上。

刘大宝是上元的“大神”，做了二十几年支书，曾经是县政协委员，现在是本市非物质文化遗产传承人。传承什么呢？上元武术。上元人尚武，自古至今,与阳江对岸的邻县人打,与湖里的土匪打,后来与日本人打。上元武术闻名的有矮凳花、桨拐花、长桨花,这个"花"在本地是类型的意思。有人说,只有上元人操练的"花"才称得上"花",有褒奖的意思。矮凳是船上的小矮凳,拐和桨是划船的配套工具,争斗时,这些东西顺手成了武器,上元的祖祖辈辈们总结出使用它们的套路,变成了自成一体的武术,代代相传。刘大宝是远近闻名的矮凳花大师,年轻时使一只小矮凳,出为矛,守为盾,曾立于船头,将对岸来偷袭的十几个小伙子撂入水中。据说,等他将矮凳置于屁股下,慢悠悠抽完一锅烟,淡定地摇桨归去,那些落水者才敢爬上他们自己的船只,狼狈逃窜。刘大宝有四个儿子,大龙在南方做建材生意,小龙在省城做到了厅级,三龙在部队是校官,只有四龙留在身边,接了他的班。老刘家在这一带乡村,也算是祖坟冒了青烟,四个儿子都出人头地了。

圩区的村庄,大村都坐落在圩堤内侧,沿着斜坡向下延伸,一直扩展到内河边上。人丁兴旺的村庄,填了内河,占了垛田,形成一个庞大的村落。上元就是一个大村落。而小的村庄,大多是后期迁入的移民建成的。由于经常闹水患,为了不让内涝的河水浸没逝者,圩堤的内侧都被坟墓占满,后来者不敢侵扰,只能在圩内安村扎寨。作为上元这个行政村附属的两个自然村,卜村和胡村就属于这种情况。人民公社时期,一个村就是一个生产队,而刘姓的上元有八个生产队, 占了本大队的十分之八,刘大宝从当大队支书到当村支书, 都是无可动摇的。刘大宝住的是三间平房,有一个很大的院子,栽着几垄蔬菜,院墙的下面,是一圈盆栽的花卉,王三月认出有几盆是名贵的兰花,这是有别于其他农家院子的地方。刘大宝不像王三月想象中的那样高大魁梧，显得瘦小，或许是老了的缘故，背也有些佝偻。但是这老头儿的一双眼睛炯炯有神，他迎上来与杜乡长和王三月握手，王三月能感受到那筋骨的坚硬。王三月学格斗时教练告诉他，要盯住对手的眼睛，眼睛是心灵的窗户，只有眼睛能暴露对手的下一个动作。但老头这双眼睛，是深邃而捉摸不透的。老支书说，杜乡长，我早就在家恭候大驾了。四龙呢，怎么没陪你一起来？杜乡长说，你家老四到现在都没露面呢。老支书说，这小子肯定被事绊住了，一会儿准会追过来。怎么着他都是个党员，是个村干部，得讲党性、讲政治嘛。老支书回头对王三月说，王书记，你以后得替我多教育刘四龙。

老支书说，王书记功夫不简单呀，没进村就放倒了一头牯牛。

王三月很惊讶，这也太神奇了，莫非沿路都有他的眼线？老支书递过来手机，说，你看你看，陈疯子用抖音发网上了，村里人都在为王书记点赞。

王三月说，我也就要个巧劲，小巫见大巫，老支书您见笑了。

开席前，刘四龙来了。他向杜乡长和王三月反复道歉，面对杜乡长，举起酒杯自罚了三杯，又转身对着王书记要再罚三杯。老杜说，不要再罚了，莫非还想再开第二瓶？

刘四龙长得不像他爸。个子高，身胚大，看上去能扳倒一头牛。

二　公元二〇一二年

陈疯子大名陈玉田，是县农业局种子站的退休技术员。陈疯子的外号并不是来上元后才有的，是在单位上班时拜同事所赐。一个县级种子站，也就是个中转站，批发来种子，零售给农民，只要来处有手续，去处不是颗粒无收，不出乱子就成。陈玉田做事顶真，眼睛里揉不得沙子，常把站长联系好的业务掐黄掉。陈玉田还常年坚持一个梦想，要培育出本县圩区的稻种。稻子一般是高产不好吃，好吃不高产，他的梦想是种的稻子既好吃又高产。可是他把种子站几亩试验田折腾了几十年，也没弄出名堂，同事们私下笑话他，你以为你是专家呢，你就是个陈疯子。好在陈疯子到六十岁就退了休，种子站的试验田名正言顺地收回,种子站上下的人心情都舒畅不少。

陈疯子有一套单位的公寓房，老婆走得早,儿子在京城一家研究所工作，据说是研究无人机的。陈疯子的老爸还活着,八十五六岁了,曾经是县中的历史教师,独居多年,陈疯子退休后把老爸接过来,小老头儿和老老头儿相依为命,两人都有退休工资,衣食无忧。老老头儿身体依然硬朗,体检各项指标都没发现问题,只是耳朵聋了,与人交流不便,有了自言自语的习惯。忽一天早上,吃过牛奶米糕,老老头儿说,陈玉田,你爷爷让我们去他那里。陈疯子没听懂,爷爷死得早,陈玉田生下来就没见到过。老老头儿以为儿子没听见,声音提高了八度,听见没？你爷爷让我们去他那里。陈疯子觉得这回是老爷子疯了,说,爷爷在哪里？老老头儿说,你爷爷在上元对面,在丹阳湖里。上元对面确实是丹阳湖,没错,爷爷要是活着,得有一百几十岁了,莫非他在丹阳湖做了神仙?老老头儿说,我没糊涂,你爷爷天没亮时还坐我屋里喝茶,催我们早点动身。

老老头儿从他屋里搬出几本线装书,一边用放大镜查找,一边说,一九四六年的冬天,你爷爷在丹阳湖一去无踪影,可是老陈家每临大事,他都会回家与我夜谈。那线装书是一套一九四九年修订的三湖县志。几年前,老老头儿受县政府邀请,参与新县志修订,他留下了这套旧县志,成了他的床头书。他每天必读,也不知道读过多少遍。这套六卷本老县志页角已经起卷,封面皱皮,陈疯子想给它做个护理,老老头儿还心肝宝贝似的护着不让他沾手。老老头儿说,就是这一年。

老老头儿所指的那一页上,有如下记载:

宋·《三湖志》:政和五年十月,上阅李白游丹阳湖诗，因询蔡京。京言：“此处石臼湖、固城湖、丹阳湖三湖相连，其中高阜处可围湖成田。”上遂召集建康、上元、江宁、句容、三湖、五邑民夫，命将军张抗督筑。值冬雪盈湖，时有白猪行踪之异，缘踵其迹而成之。内筑穿心一字埂，分为上下两坝，名曰丹阳圩。

小老头儿说，为什么是白猪引路？黑猪比白猪稀罕呢，黑猪肉比白猪肉的价格贵多了。

老老头儿说，这都不懂？那时候是白猪比黑猪稀罕。古代，患了白化病的动物往往被奉为神物，比如国外某些地区的白牛、白象。白色是圣洁的象征，你这水平，算个什么读书人。

小老头儿挨了训斥，噤声。

本县有点文化的人，都听说过这段历史。这蔡京曾四任北宋宰相，书法大家，历史上却是臭名昭著的奸臣。单从筑丹阳圩这一点来看，算是替他添了正面的一笔。老老头儿说，往下看，这一条才与你爷爷有关：

一九四五年，抗战胜利，三湖县与湖阳县民众围丹阳湖，筑胜利圩。

陈疯子看了几遍，没有一个字提到他爷爷陈大先。老老头儿说，你爷爷的故事就在其中，就在其中。陈疯子平时关注新闻，新闻播报的特点是字少事大、字多事琐。这史书不是新闻，却是一样的套路。陈疯子问老爸，我爷爷想让我们搬家，搬到上元住？老老头儿耳朵一点也不聋了，说，没错，我们搬到上元村。

陈疯子觉得老老头儿……不，应该是他爷爷的建议不错。上元他去过，有一回上元大队买去了假稻种,是他连夜走了十几里路追回的,当时的支书刘大宝感动不已,说他救了全大队的老少。陈疯子还抱着私心,现在年轻人都进城打工,农田有不少抛荒,他去了可以租农田,继续搞他的稻种试验。陈疯子满口答应了老爸,搬家,一定搬到上元村去。老老头儿没想到儿子能如此痛快,破天荒表扬了陈玉田一回,说,我儿孝顺。

陈玉田找到了卜家村村口的一户农家,两层小楼加一个偌大的院子, 户主两口子在省城打工,春节正好都在老家。户主年轻,不认识陈技术员。听说这小老头儿想租他的房子,将信将疑。现在的风气,农村人都是往城市跑,发大财的往大城市跑,发小财的往小城市跑,小姑娘结婚提条件,都有一条,在县城买套房。这小老头儿却逆行,要住到乡下来。或许是冲着乡下空气好,想长命百岁。房子得有人住,人气养房,房主正愁要不要请远亲近邻替他看守房子，这小老头儿来得正是时候。房主开价年租四千元，小老头儿说，我再加一千元。房主等着他压价，没料到有这一手。这人莫非脑子有问题？别遇上个问题老人，那就麻烦了。小老头儿说，是这样，我想把你的口粮田也一并租下。房主释然，一口应允。

陈玉田搬家租了一辆大卡车。不是装家具，房主的家具都是现成的，他只带了几只箱子。车上最多的是他的试验仪器。紫外光照射箱、压力装置以及浸泡液等等，大部分都是他当年从单位实验室搬回家的。反正那些东西在单位也就是摆设，除了他，没人有兴趣，站长也睁只眼闭只眼。当然，单位的仪器也不能完全满足陈玉田的需要，他的工资有不少花在添置仪器和购买种子上。二十世纪六七十年代，生产队的稻种还是自己挑选育种，不知从什么时候开始，农民的稻种全部从种子站购买。三湖县的农田基本上栽种的全是外来稻谷，本地的湖熟稻种彻底灭绝。外来稻种产量高、收益大，却无法留种。打个比方，它就相当于马和驴杂交后产下的骡子，孔武有力，却没有生殖能力。农民得每年购买种子，价格不断上提，稻子产量却连年下跌，逼得农民再购买新品稻种。种子成本不断加大，农民苦不堪言。陈玉田原来是研究外来稻种在本地育种的可能，屡试屡败，这才转变方向，培育本地的湖熟稻稻种，梦想替本地农民夺回稻子的种子权。

陈玉田和老爷子搬家尘埃落定，坐在二楼阳台上歇息，前面是碧水波澜，远处稻田绿意盎然。陈玉田脑子里闪现出八个字：广阔天地，大有作为。似乎是多年前领袖的题词，现在用在他身上依然应景。老老头儿说，玉田，还有一件事没完成。我们得放鞭炮、烧纸，告知你爷爷，我们来到上元了。

陈玉田诺诺。

陈玉田喜欢在野外转悠，而陈老师尽管高龄，但腿脚灵便，他喜欢与上元的老人扎堆。夏天，他与老头儿老太们在村口大槐树下乘凉，冬天，他与老头儿老太们在山墙脚根儿晒太阳。老头儿老太们摆龙门阵，说者无意，听者有心，即使耳朵不灵敏，他真正想听的内容，反复打听，一句都不会落下。老老头儿回家后，喜欢把听来的传说一一记在笔记本中。

三　公元二〇一九年

王三月选择到上元当村干部，是听了父亲的建议。父亲在位时曾经是本县农业局的副局长，与杜乡长有过交集。父亲的意思很明确，放长线，在上元村干两三年，到乡政府干两三年，然后调回县城。很多人选择去贫困村，好处是一张白纸可以画最新最美的图画，就像运动员跳高一样，起点越低，升杆的空间越大。父亲说，那是书生意气，人家村干部几十年都没干出名堂，你一个赤手空拳的大学生，真以为能翻天覆地？起步得求稳。上元是全乡有名的富裕村，他和杜乡长一商量，王三月就定在上元村落脚了。

水阳江是长江的一条支流，皖南山区的洪水经水阳江路过丹阳湖大泽，然后奔长江主流而去。上元村早些年的发家致富，主要是靠搞长江运输。靠山吃山，靠水吃水，他们在圩堤上自造几百吨乃至几千吨的铁船，从湖北、江西挖沙，然后运到上海龙华码头卸沙，收入颇丰。上元船队几十条铁船同出同进，船户人心聚一，且人人都会武术，据说江匪也不敢招惹上元船帮。只是后来长江禁止挖沙，自造铁船又屡出断船沉船惨祸，村民才陆续上了岸。刘四龙在船上是船帮老大，下了船接任了村支书。村民们手里拎着第一桶金，造楼、买小车，不亦乐乎。但乐乎过后，钱拿在手里会毁人，刘四龙于是带领大家投资养螃蟹。别的村养螃蟹，都是各家养各家的，上元村成立了螃蟹养殖合作社，刘四龙是合作社董事长。从村委会的宣传栏看，上元是全乡集体致富的典型，刘四龙的事迹还上了县里和市里的报纸。

上元的蟹塘都集中在新圩，说“新”，也有几十个年头了，筑成于抗战胜利后，官名胜利圩。王三月上任不久，就到新圩考察了一次。这一带的村民家家都有一只四舱小船，去圩内或新圩劳作，方便自在，上坡下坡，一个男劳力能轻松扛过圩堤。王三月去新圩，得去大河边蹭船。划船的是一老汉，自称姓胡，接了王三月递的烟，说，王书记，刘四龙咋不给你派只船？王三月说，我没去过新圩，好奇，自个儿想去看个新鲜，不是公干。胡老头笑了笑，说，坐稳，江窄罡风猛，船小颠簸大。王三月站在新圩的圩堤上，眼前是一望无际的蟹塘，只在西南方向，有一簇隐约的稻田。这些蟹塘都是良田开挖，每个蟹塘都呈长方形，四周围一圈塑料挡板，防止螃蟹逃跑。在每个蟹塘的角落，都立着一间蓝色的小屋，塑板简易房，是养蟹人歇息的地方。天蓝，屋蓝，云白，水白，风景这边独好。王三月沿堤往前走了几里地，终于看到了界河，河那边是湖阳县，胜利圩一分为二，三湖县和湖阳县各占五千多亩。湖阳县那边基本看不到蟹塘，绿油油的庄稼犹如绿色的大毯，一直铺展到天际。王三月忽然想起李白那首咏丹阳湖的诗。这里本来是丹阳湖的湖底，倘若诗仙重来，再也寻不到"云间片帆起"的场景了。

王三月在新圩渡口等船，远远看见一垛湖草缓缓移近，近了才看出是胡老头儿。偌大的草垛被捆在他的背上，草垛上还搁着他的竹篮，篮子里放着镰刀和茶杯，还有一个系着绳子的收音机。胡老头儿停下脚步，双臂从麻绳上松开，接了王三月的烟，说，让你久等了，撒完化肥，见湖草长得好，忍不住割了一堆。王三月说，不是说都用上煤气灶了吗？胡老头儿说，那是年轻人烧钱，这草，晒几个日头，把草往大灶一扔，才是过日子的烟火。说罢，突然往草垛上一仰，双手探进麻绳，嘴里说一声起，草垛就稳稳地立在他后背了。上船，那草垛就占去了三个舱位。王三月说，老爷子，好大的力气！胡老头儿笑着说，这草都是浮材，看着一堆，其实才百十斤。要说厉害，传说刘大宝的太爷爷，原先也是穷人，年轻时一人挑两垛，到了巷口，横着竖着都进不了村，分成六垛才进了巷。王三月说，你还在侍弄稻田，我看不少人都养螃蟹了。胡老头儿一边划桨，一边说，那都是大村头刘姓的人，得听刘四龙招呼。王三月说，养螃蟹收入应该比种稻收入高吧？胡老头儿冷笑，也就是说得好听，养蟹户六七成都亏本，真正赚钱的就刘四龙。除了销售，他还经营蟹饲料、塑料挡板等，稳赚。要是我们卜、胡二村跟风，只怕会人人亏得裤子没裆。

这和王三月听到的宣传完全不同。

王三月在村委会见面最多的是卜银花。别看这里只是最低的基层组织，小品里有句台词，别拿村长不当干部，现在讲究下基层，千条线一头扎，村里迎来送往的事都落在卜委员身上，王三月这村干部的日程被她安排得满满当当。开村干会，王三月低调，敢跟刘四龙唱反调的也就这位女将。她婆家在刘村，娘家是卜村，农耕补贴、扶贫资金等，她都替卜、胡二村力争，刘四龙也拿她没办法。杜乡长说她名花有主，她的老公是刘四龙的堂弟。王三月蹲村后从没见过这个人，后来才知道，她老公早年弄船，上岸后看不上挣慢钱，一心想让手头的钱翻倍上涨，去南方加入了传销组织，结果把身上的钱弄光了，还骗走了一众亲友的钱。老公没脸回家，卜银花在亲朋面前也抬不起头，过了一阵以泪洗面的日子，想开了，那男人就等于死在外面了，她和儿子的日子还得往下过，欠下的钱她慢慢还，她卜银花人在债不烂。卜银花说过，刘四龙是她人生中的贵人。卜银花进入村委做委员，虽说村干补贴有限，总比一分钱收入没有强，关键一条是，她在村委，逼债讨钱的人语气都变软了。她在村委会大楼忙活，那些讨债人天大的胆子也不敢到这大楼里纠缠。刘四龙还让她做了螃蟹养殖公司的办公室主任兼财务会计，另有一份工资。

卜银花有一次让王三月有了点好感。第一次开村干会时，那几位依然一口一个刘书记，卜银花跳了出来，说，我建议以后村干会上我们还是正式一些，王书记是王书记，刘主任是刘主任。那几位都面面相觑。刘四龙说，卜委员说得没错。自那以后，村里人当着王三月的面，称刘四龙都称刘主任。

某次闲谈，王三月问她，卜委员，你自己家在新圩的田都挖了蟹塘，为什么你父母和娘家兄弟的田还种着稻子？

卜银花说，嫁出去的女儿泼出去的水，我做不了他们的主。

王三月说，种稻的收入比起养螃蟹差不少吧？

卜银花说，也未必，养螃蟹风险大，蟹瘟、天气、市场，很多意想不到的问题，防不胜防。种水稻，国家有农耕补贴，收成稳定。像我父母这些六十岁以上的老人，上级还发放养老金，他们过日子足够了。

王三月继续追问说，比如你哥哥，他如果不愿自己养螃蟹，可以把田租给你们螃蟹公司挖塘养蟹，每亩年租一千二百元，他还能出去打工另外挣钱。为什么卜、胡两村的人都不干呢？

卜银花说，哟，王书记，你这些日子可没闲着，打听得这么详细呀。

王三月知道引起了卜银花的警觉。王三月说，我就寻思，能不能让你们螃蟹公司把另外两个村也带动起来，共同致富嘛！

即使下了乡，王三月依然不改散步的习惯。晚饭后，村外的圩堤上常常有他独自漫步的身影。下乡之前,父亲一再叮嘱,克己复礼,小不忍则乱大谋,农村工作复杂,别卷入当地的纷争。王三月答应得容易,但真正面对,毕竟年轻气盛,再说,他是村党支部第一书记,按规定他至少得在村里干满三年,三年耗下去,如果一事无成,这与那些在机关一台电脑一杯茶混日子的人有什么区别?王书记心有不甘。要树立自己的威信,首先要借用卜、胡二村的力量,其次要在刘村内部得到村民的拥护。王三月确实没闲着,但他是一个外来者,村民都觉得他这种干部待不长,没人肯与他交心。

年轻的王书记,心里有点窝囊,但没有气馁。他有一个积极的支持者,他的女朋友,大平保险公司的业务经理柏亚男。每天通话时,柏经理都给他打气,最好的时代最好的年纪,我们必须有所作为。大不了你一辈子待乡下,我养你。女友和父亲唱反调,这拔河的比赛谁输谁赢,结果用不着猜。

王三月是格斗爱好者。在县城,有一个同好俱乐部,晚上大伙一起切磋。到这乡下角落,他把沙袋杠铃等装备移到了宿舍,但毕竟房间小,施展不开拳脚,夜幕落下,他在散步回来的路上,会打几套拳活动筋骨。这天,他打完拳,发现堤面上倒着一个人。怕淹水,堤内侧都是坟茔。王三月来上元后听闻过不少鬼故事。他厉声问,谁?却并无应声。他打开手机上的灯光,照见地上躺着一位老者,照亮面孔,竟然是他蹭过船的胡老头儿,已陷入昏迷。他驮起胡老头儿,急奔村委会大院,发动小车,直接赶到县医院。小县城人头熟,他直接把胡老头儿送进了急诊室,值班医生是他中学同学。胡老头儿的毛病其实不严重,高血压、高血糖,只是自己没当回事。胡老头儿醒了,医生给他开了一堆常用药,嘱咐他必须坚持每天服用。王三月心里踏实了,才转身去替胡老头儿补交了急诊挂号费,想了想,又从窗口扫微信支付，取了药。网上支付确实方便，手机在，钱就在，否则他随身也不会带那么多现金。

老同学说，三月，老人是你亲戚？在你家没见过这位老人家。

王三月说，亲戚？当然是亲戚。

在金庸、古龙笔下的江湖，见人都称兄弟；在十里洋场上海，陌生人见面都称朋友；在省会南京城里，开口则称人师傅；而在三湖县乡下，向你问个路、打听个人，首先是喊你一声亲戚。这一声亲戚，把彼此的距离拉近了，不是亲戚也是亲戚了。

医生走后，王三月才想起给胡老头儿的三个儿子打电话。村子小，以前儿子的多少就意味着家族力量的强弱。在胡村，胡老头儿有三个儿子。

胡老头儿说，王书记，我刚才可听到你说了，咱是亲戚。

王三月说，你认了我这个亲戚，吃亏大了。一旦村委食堂不开伙,我就到亲戚家蹭饭。

这是己亥年的初冬,踌躇满志的王书记和所有人一样,无法预料到,即将到来的庚子年年景将是怎样的残酷和凶险。

四　公元一九四一年(民国三十年)

乡村的夜晚是小老头儿和老老头儿都喜欢的，坐在院子里，或者站在阳台上，仰头就能看到满天的星星。对于老人而言，他们看到的满天星与孩子眼中的不同，与诗人骚客眼中的也不同。尤其是老老头儿，看过《新闻联播》后，天也黑了，星星出来了，老老头儿开始他的自言自语。他教了一辈子历史，有资格与星星对话，与往事干杯。他虽然不需要听众，但是，在这样的乡间夜晚，黑灯瞎火，小老头儿除了做一个聆听者，他能往哪里去呢?

陈大先第一次来到水阳江，还是一九四一年的冬天。陈大先硕士毕业于上海大同大学水利系，毕业后留校在水利研究所工作。水阳江是长江的支流之一，每年洪水季节，江水直冲三湖、湖阳等县的圩堤，首当其冲的就是丹阳圩。为免水患，光绪年间，本地圩民建筑了水阳江水垡。水垡由两部分组成，一为“九垡八垱”，二为鳡鱼嘴分水垡。前者作用是固堤护堤，后者功能为分水。垒石为壁的称“垡”，夯土为墙的称“垱”，共筑有九垡八垱。据传九垡的基核，都奠有真牛大小的铁牛，垡墙均是条石砌成，条石之间是用本地糯米米浆兑入江沙灌注，牢不可破。每垡之间建有垱，两垡相距十米左右，水阳江洪水到此，锐可当、势可阻，暴戾脾气陡减，从那以后，两县圩田有了保障。以丹阳圩为例，水垡筑成后，历史上只有两次溃堤记载。水垡是长江流域圩民智慧和劳动的结晶，也是陈大先的课题研究对象。

陈大先到了三湖县城。三湖县大半是圩区，小半是山区。其时三湖县是日占区，汉奸在县城设立了伪县政府，但共产党在山区、国民党在圩区，也都建立了自己的县政府。陈大先手持文书，去伪县政府报备，人家根本顾不上理睬他，他在小旅馆待了三天，雇了一辆驴车，独自朝丹阳圩出发。既然伪官府靠不住，他到了上元村干脆找本地乡绅。村人引他去了族长刘金奎家，刘金奎既是刘姓族长，也是清末最后一批乡试秀才。刘族长听说过“德先生”“赛先生”的主张，对陈大先礼遇有加，敬重之余，老先生包揽了陈大先的吃住，并委派一名家丁刘黑皮听陈先生调遣，随时随地保护这位“赛先生”。

应该说，在那兵荒马乱的岁月，能遇到刘金奎，陈大先的运气不错。

冬天是丹阳湖的枯水季节，湖底大半裸露在蓝天之下。刘黑皮说，春天一到，湖草能长到一人多高，人在湖草中穿行，一不小心眼睛就让草尖啄了。刘黑皮不光是族长的家丁，还是丹阳乡远近闻名的拳师，是上元村民团团长。刘黑皮说，三国时期，三湖地区是孙权的领地，丹阳湖是周瑜的军马场。陈大先只听说过草原上有军马场，第一次听说湖畔也曾经是古军马场，觉得新鲜。这一天，陈大先要在头牮的石壁上做一个水位线标尺，以后水涨水落，看一眼就心中了然。枯水期是做标尺的最佳时节，刘黑皮先去了水阳镇，又去了县城，洋漆店都关了门，人心惶惶，老板们都无心做生意，关门大吉。还是刘黑皮出了个主意，先用黑炭做标尺标数，再刷几遍桐油，晒几个日头，应该能长久保持。本地木船防水侵蚀，都是扛船上岸，在船身刷几遍桐油。陈大先觉得这主意不错，赞赏刘黑皮智勇双全。两人正忙活间，湖滩上走来几个人。战乱期间，防人之心不可无，刘黑皮掏出驳壳枪，喝住来者：什么人？对方立即卧倒，一个女声说，请问这位是陈老师陈大先先生吗？刘黑皮收了枪，答，正是。一个姑娘立起来，拍了拍身上的枯叶和灰尘，说，我是陈老师的学生，钱中英。陈大先耳闻，急忙下了木梯，迎上来握手，说，幸会，真想不到能在这里遇见。

钱中英是大同大学工程分院二年级学生，不仅长得靓丽，而且是学生社团活跃分子。即使她现在一身农妇打扮，肥袄肥裤，脚上穿一双老棉鞋，但那城里姑娘的皮肤，即使脸手抹上锅底灰，也掩盖不了本色。钱中英说，听说陈老师在此做水阳江水文研究，我们几个也追随您来了。她介绍另两位男伴，都是大同大学的学生，一位师兄，一位师弟。看那两人打扮，都戴着老棉盔，着斜襟棉袄子，看那脸上的风霜，实在认不出学生的模样。钱中英笑着说，国不像国，民不像民，学生也不像学生了。我们到了此地，只有化装成农民的样子，才敢下到这圩乡。陈大先对那两位不觉得面熟，大同大学学生人数不过一千出头，学府里低头不见抬头见，多少应该有点印象。但钱中英绝对是钱中英，大同大学的男生都不会认错她。既然钱中英这样介绍，陈大先也一一握手，表示欢迎。陈大先跟刘族长介绍，这三位都是他的大学校友，专程来参与水阳江的水利研究，刘族长给这三位也安排了吃住，待他们一视同仁。

钱中英三人对水垡不感兴趣，其中的张同学据说是植物学系的，他们借了刘族长家的六舱船，穿行在芦苇荡中，寻找湖区新物种。他们三人食量奇大，常常出门时将灶间的包子馒头一扫而空，偶尔还会带走一篮干面当作中午的干粮。寄居在刘家的第三天，一直等到掌灯时分，那三人还没回，厨娘从菜橱里找到一张欠条：今欠刘金奎六舱木船一只、米三十斤、腊肉十斤，折合约为十五个银圆。落款为新四军一支队傅秋涛。刘族长低头抿茶，沉默不语。陈大先连声说，真没想到他们是新四军，早知道我不会把他们引入府中。刘族长抬起头说，也不算个事，只要是抗日的队伍，给他们提供方便也没做错什么。刘族长说，这张欠条，我一会儿烧了。一没指望新四军还得上；二呢，一旦被举报到上头，说不定诬我一个通共的罪名。

老老头儿说，刘金奎并没有真的把那欠条烧了，那张欠条至今还保存在三湖县新四军纪念馆，我每年都去看它一两次。那个傅秋涛，系马来西亚华侨，确实是上海大同大学学生。日本人侵华，他和一批热血青年没等到毕业就投笔从戎，投奔了新四军。新四军中有一大批军人是富家子弟，更有来自东南亚华裔富商的后代，他们报国心切，令人感动。只可惜壮志未酬，冤死皖南。老老头儿打开新县志，县志载：

一月六日，国民党制造震惊中外的"皖南

事变”。原新四军一支队副司令员傅秋涛及孔诚、汪克明十几人从皖南突围后到达三湖境内，在党组织接应和群众掩护下，通过封锁线回到部队。

是月，国民党四十师于“皖南事变”后回兵三湖县，驻扎于乡镇，追捕、杀害新四军人员。

陈玉田说，这么说，那个钱中英其实是党组织派她来护送那批新四军返回部队的。为什么是一个女大学生呢？首先钱中英肯定是共产党员，而傅同学、张同学说不定读大学时就是共产党员，这三人还可能曾是一个党支部的成员。钱中英是他俩信得过的人。

老老头儿说，小子，你退休后，终于变聪明了。

刘金奎当年没想到，共产党真的有一天得了天下。刘金奎乐善好施，尤其他向当时的县长交出了那张欠条，所以虽划为地主，但县长说他是开明地主，有功于新四军。历次运动，那张欠条都做了他的保护伞。

陈玉田说，那这与我爷爷的死有什么牵连？

老老头儿说，二十世纪五十年代，我奉命来上元合作社开展“扫盲”活动，也就是教贫下中农识字、学文化。教室设在上元村刘氏祠堂，我正在洒扫教室，有一老者叩门，问，请问可是县里来的陈老师？我抬起头热情相迎，说，正是。老者却惊呼一声，陈大先，陈大先你怎么还活着？我正要解释我不是陈大先，是陈大先的儿子，却先是听到拐杖啪的一声落地，接着老者身子一歪，倒了。我急忙大声召唤人，大家七手八脚把他抬回家中。这老者就是刘金奎，我相信他一定知道我父亲死亡的真相，可惜没过几天，老族长就一命呜呼了。

陈玉田越听越有兴致，老老头儿却赶他去睡

觉。老老头儿说，我也得睡了，一会儿你爷爷又会来找我说话，不得耽误。

老爷子是卖关子，让他“且听下回分解”。

五　公元二〇二〇年

春节过后，新冠疫情的形势严峻。先是封城，接着是封村。村委会上，王三月传达了上级指示，人与人保持两米以上距离，少出门，戴口罩，勤洗手。刘四龙说，真这么邪乎吗？这样弄，人没瘟死，也得憋闷死。王三月说，刘主任，这可不是我个人的意见，这是上级党委的指示，真有了问题，你我都担当不起。刘四龙说，行，封村不难，把两头的村口扎住，让武术队的人排班值日，书记放心，连只麻雀都不敢飞进村。问题是口罩，卜银花跑遍了县城，都断货。上网网购，不是价格奇贵，就是非正规厂家产的假货，不敢下单。刘四龙看了王三月一眼，说，王书记是县城人，门路多，有困难找书记，这事就烦劳王书记了。王三月还没表态，其他几位都一致呼应，王三月只得硬着头皮接下了，说，我来想办法吧。

王三月打遍了同学和朋友的电话，一听说买口罩，都说没那能耐。听说省城的口罩厂家每天都得完成中央相关部门布置的任务，省政府和市政府的人在后面排队盯着，那口罩就是长了翅膀也飞不出厂门。王三月没辙，这下得让刘四龙他们看笑话了。王三月如困兽在宿舍里团团转，手机响了，是柏亚男的号码，他这才想起有些日子没跟女朋友联络了。柏亚男说，王大书记，看样子有了新欢忘旧人了。王三月说，别闹，我都快愁死了。王三月讲了买不到口罩的难处，柏亚男说，多大事啊，不就是买口罩嘛，你要多少？王三月说，全村六千多人口，一人三只，那也得有两万只才能对付。

柏亚男比他有能耐，王三月服气。柏亚男的父亲是常务副县长,女儿不争气,考了个三本,原先在司法局上班,说看看有没有机会转事业编制。可柏亚男没耐心,坐了三个月办公室,人就闪了,去保险公司做了业务员。柏亚男没让父母失望,一年挣的钱比父母工资加起来还多，而最让父母开心的是,她找的男朋友靠谱、聪明,而且求上进,考上了公务员。要说门当户对,柏副县长未必看得上农业局退休的王副局长,但他看中了这位未来的女婿。柏副县长的观点和王副局长一致,基层锻炼人,要做大事必须从基层做小事开始,从这一点上看,这两人不愧为党培养多年的老干部,有境界、有眼光。王三月根本不指望柏亚男能搞到口罩，她这只三脚猫,也就在本县地面上任性蹦跳,可本县没有一家口罩厂,即使孙悟空来了也变不出口罩。

可柏亚男不仅买到了两万只口罩,而且亲自坐着防疫专车把口罩送到了上元村委会。据说曾有南方某市紧急截留了一批路过的防疫口罩，好事做到家，柏经理不放心，亲自押车。这可不是一般的本事，刘四龙从此对王三月刮目相看。那时柏亚男火急火燎地卸了车，就拽着王三月奔了他的宿舍。王三月一连声说，谢谢，谢谢柏经理。柏经理说，少来虚的，我今天看那刘四龙，也没长三头六臂。柏亚男是大小姐脾气，她反对自己的男人在上元做三年的缩头乌龟。王三月你必须有所作为，青春才不悔。柏亚男对王三月这样说。王三月说，你先告诉我口罩是怎么弄来的吧。柏亚男一五一十向他交了底，口罩市场脱货，本县有两家民办厂的老板发现了商机，抢先购买了机器和原料，昼夜不停开工，生产出了第一批口罩。可是虽说非常时期特事特办，他们一时还没拿到相关手续，不能马上面市。柏亚男就找上门去，两家老板拗不过她，各给了她一万只口罩。王三月说，照你这样说，这些口罩是三无产品？

柏亚男说,都什么时候了,你穷讲究什么。你看电视上,有人用塑料皮做口罩,还有人用胸罩裤衩做口罩,这总比那些玩意儿强吧。王三月想想也是,说,那当然。又说,口罩这么紧张,压几天拿到手续就能赚大钱,他们怎么肯卖给你?莫非是搬出了你爸?柏亚男骂道,王三月,你这个没良心的,少门缝里看人。那两位老板都是我的客户,工厂和家人都在我这儿投了保,早就是朋友。我实话告诉你,他俩给我的都是成本价,一元五角一只,冲你这话,价格翻倍。王三月说,姑奶奶,你可别,挣这钱是发国难财,是黑心钱。你是扛着招牌来帮我的,村上财政人人盯着,莫非,你这趟是想来谋害亲夫?柏亚男笑了,说,你是谁亲夫?八字都没一撇呢。

两人闹作一团。

因疫情期间一律不得接待客人,王三月说,要不,我煮几包方便面吧?柏亚男朝他挤一下眼睛,说，我已经吃饱了。她上车前，刘四龙也过来送别，表达谢意。柏亚男说，刘主任，听说您集团下有一千多亩养螃蟹的水面，家大业大呀。刘四龙说，小本经营，柏经理见笑。柏亚男说，据长江汛情预报，今年可能发大水。刘四龙说，这疫情已经伤天害理，再要有洪灾，这庚子年是不想活人了。柏亚男说，我建议，您那蟹塘都来投个保，以防万一。刘四龙说，谢谢柏经理替我着想，我们商量一下再说。

柏亚男走了，刘主任说，王书记，原来你女朋友是柏县长的女公子呀，咋不早点说一声？王三月说，不瞒您说，我也才知道她爸是谁。我们至今还没见双方父母，以前只知道她在保险公司上班。刘四龙说，蟹塘保险这事，过几天我给你们消息。王三月急了，这事柏亚男真没跟他通气，估计她也就是一时兴起脱口而出。现在提这事，好像她柏亚男是来做交易的，太不合适。王三月说，刘主任，她也就随口一说，职业习惯。

刘主任朝王三月笑了笑。

疫情形势好转，冬天过去，春天也快要过去了。本县没有病例，形势好转后，乡政府通知把村口的岗哨撤了。上元的老百姓基本恢复了从前的生活。柏亚男本来就是在家里坐不住的人，闭关几个月，春风一吹，拂动了她的心。她要拽住春天的尾巴，来上元走走。王三月当然欢迎，柏亚男提出想去胜利圩，看看从前李白诗中描写的丹阳湖当今的模样。王三月说，李白律诗里的四联，最多只能看到一联了，也就是界河还能见到“龟游莲叶上，鸟宿芦花里”的景象。现在是春天，芦花还没开，你去了最多只能看到半联，“龟游莲叶上”，罢了吧。可柏亚男执意要去，王三月便依了她。

两人在圩埂上等胡老头儿的船，胡老头儿的船没到，一群牛先到了。堤埂的外侧都砌了条石，石头之间是水泥抹缝，人们为了方便，在石头上堆出一条土路。牛不比人笨，它们排着队，小心翼翼地走在土路上，近到水面，才扑通一声扑进江水，掀起一个个快乐的旋涡。牛群的末尾是一个戴笠帽的老头儿，陈疯子。王三月已经认识这个小老头儿了，偌大的上元，喜欢在村头村尾转悠的就他俩，真正称得上低头不见抬头见。王三月起初以为他是个牛倌，后来才明白，这牛是各有其主，单干以后，牛都分到了个人名下。垛田不适合机械化操作，从圩埂上看，每家每户的田亩小得像豆腐块，种田为生的人，耕者有其牛。这些牛都挺自觉，早晨自己出门去圩堤边吃草，傍晚自己走回牛栏。陈疯子属志愿者牛倌，他放牛意在牛屎。他将这些牛粪通通挑回他的试验田。据说他种田不用农药、不施化肥，虽然收成只有别人的三分之一，却死不悔改。王三月给他递了根烟，陈疯子摆手，说不会。在乡村，男人见面递烟，是礼仪，是无声的寒暄。这陈疯子毕竟是个城里人，有自己的原则。

还是第一次聊天。陈疯子说，王书记，你是来搞扶贫的吧？王三月摇一摇头又点一点头。陈疯子说，这里本来属江南鱼米之乡、富裕之地，哪有什么贫可扶？王三月说，您此话怎么讲？陈疯子说，现在政策好，田亩有田亩补贴，六十岁以上的人口每年有老龄补贴，生病有新农合报销，过日子都没问题。刘四龙对刘姓困难户还留有一份义田补贴，保证刘姓人人有饭吃有衣穿。王三月第一次听说“义田”。陈疯子说，胜利圩筑成，当时刘姓族长做主，分田时刘姓拿出二十亩作义田，补贴本族贫困户，后来才收归国有。土地承包后，老支书刘大宝留了个心眼儿，带领族人将界河的塘口填土成田，这块田的收入便作为刘姓困难户的补贴来源，现在挖成了蟹塘，收入还是独立做账。王三月说，看来还是陈技术员了解得多。陈疯子也不自谦，说，你不妨查一下本县县志，明朝正德年间，为绝苏州、常州两州水患，本县东坝坝基加高三丈，三湖之水遂遏绝，不复东行，但三湖及湖阳县大批圩田沉没。所以有民谣流传，“苏州溧阳，终究不长，东坝一倒，依旧长江”。据说县令带灾民去苏州、常州乞讨，当地人习惯早晚两顿稀饭，中午一顿干饭，灾民以为他们是故意装穷，敷衍自己，愤而将粥碗掷于地。后经多方解释才释然，原来天下这么大，也就三湖县的人一天三顿大米饭，三湖县才是真正的富饶之地。孔子说，食乎稻，衣乎锦。古代的贵族才能穿锦衣吃米饭，穿不穿锦衣不知道，但三湖人从古到今都是一日三餐大米饭。王三月不知道，陈疯子这番话，其实都是从老老头儿那里拾来的牙慧。陈疯子半文半白，王三月半懂半蒙，但大意听明白了。陈疯子说完，胡老头儿的四舱船来了。胡老头儿说，您跟一个疯子也能聊这么热乎呀。柏亚男说,这个陈疯子,我在县城见过。王三月说,这个陈疯子,其实不疯。

王三月将柏亚男在船上安顿好,回头招呼陈疯子,说,牛能游过江,您就坐船过江吧。陈疯子说,谢谢书记好意,你要真想做好事,就把圩埂外的防洪石毁了,这些牛既不会摔断腿,也多了一块草场。这哪里是他一个村书记做得到的事,简直是疯话。陈疯子顾自将笠帽摘下,底朝天,然后将手机和矿泉水瓶用塑料袋包扎好,放进笠帽底,将笠帽紧紧系在一头大牛的牛角上。而他自己呢,嘴里吆喝牛,双手紧紧地拽住那大牛的尾巴,牛与人一径奔向江心。船在前,牛在后,浩浩荡荡,船到江心,陈疯子还得意地伸出一只手臂,朝船上人摇晃了几下。

胡老头儿说,真是个疯子。

王三月说,是个老顽童。

站在新圩圩堤上，眼前是一片蟹塘。王三月说，整个新圩的田亩，丹阳乡占了五千多亩，其中上元占了一千五百亩。蟹农们正在蟹塘里忙活，割草、喂食、收虾笼。这蟹塘里自生小龙虾，壳硬，钳子更硬，以前都是捕捞后轧碎了喂猪，补钙，这几年城里人疯了，把这小龙虾当成稀罕货，其实这小龙虾肉质既粗又糙，城里人好的那一口是调料。蟹农对它是既恨又爱，恨的是它与螃蟹争食，爱的是每天收那么几斤十几斤，虾贩们到塘口来收，也把油盐酱醋钱赚到了。柏亚男毕竟是城里姑娘，对什么都好奇，问人家蟹苗从哪里买，螃蟹爱吃小海鱼还是螺蛳，最后说，如果给蟹塘买份保险，五元钱一亩，你愿意掏钱吗？王三月对那蟹农有印象，名字叫大业，是武术队的骨干。大亚挠着头皮说，这……这事我不知道，只能由合作社做主。

离开蟹塘，他们往界河走。王三月说，柏经理，你们的蟹田保险费真这么低？捡芝麻，芝麻不嫌小，可一旦赔起来，那赔出去的就是西瓜。你们真肯做这亏本生意啊？柏亚男说，本来是每亩二十元，政府今年有政策补贴，给圩区投保的农民每亩补贴十五元。气象预报部门说了，今年会有洪水。柏亚男说，五元钱一亩保费，连包烟钱都不够，农民们怎么就不干呢？王三月说，你以为农民抽的都是好烟？不待客，他们抽的烟也就是三四块钱一包。柏亚男说，你别说话不着调，你作为一个圩区的书记，不关心洪汛，就是不关心村民的利益。王三月急忙改变态度，说，领导教诲，谨记在心。

这一条界河相比丹阳圩的内河，要宽两三倍，当初留这么宽的内河，也就是为了让两县的农民隔离远一点，井水不犯河水。界河的两侧是一排芦苇，正是芦叶茁壮的季节，那翠绿的芦叶宽如手掌，可能只需一叶就能裹下一个粽子。河内水底则布满肥硕的水草，水面上是摊展的芡实叶、高高低低的莲叶莲花。柏亚男兴奋地说，我要划船，我要下河。王三月不能拂女友的兴致，说，行行行。界河的南岸有一条小游艇，泊在原木支起的栏桥边。这是合作社的小艇，洁白的船身，雅马哈发动机，厂家制造它时一定以为它将驰骋在蓝色的海洋，泊在某个海湾景点的码头，而在刘四龙这里，它主要用来运送蟹饲料等物品。王三月借了小艇，猛然一下发动机器，马达立即吼叫起来。艇不大，浪大，艇在水面上犁开的浪头，先是冲上了那水面的芡实叶，它抖着大脸盘上的尖刺，抖出一个个激灵，然后又摇晃荷秆，荷叶上跳下来的是青蛙和水珠。李白诗中的乌龟这些年失踪了，据说是田里使用的农药化肥把它们赶尽杀绝了，也有人说是水域逐年减小，它们远走他乡了。浪头冲到河边，先是芦苇们慌作一团，东倒西伏，然后撞向岸脚，传出一连串轰然响声，连马达声都盖不住。

上岸时,两人的衣服已被水花打得半湿。

他俩又一次遇到了陈疯子,陈疯子没有跟着牛群。看样子他过了江,他的粪筐没过江。王三月试想,装满牛屎的粪筐驮在牛背上,江水一浸,牛屎成了牛屎汤,前功尽弃。陈疯子是疯子,不是傻子。他握着一根长棍,在界河河滩上扒拉。柏亚男说,他是在赶蛇吗?王三月说,这一带多是水蛇,无毒,咬一口就留两个牙印,没有人怕蛇。王三月大声问,陈技术员,您找什么呢?陈疯子回答说,找仙草,吃了长生不老的仙草。不是说仙草都在深山中?在水边找仙草,无异于缘木求鱼。王三月摇摇头说,这小老头儿,还真是既疯又傻。

胡老头儿早在船上等候,他今天又割了好大一垛青草。胡老头儿说,这青草晒干了,烧大灶,那烧出来的米饭才叫香喷喷。胡老头儿家的稻草还有别的用途，打草包，王三月见过。胡老头儿老两口儿有一台草包机，得空就织草包。他家底楼有一个房间，堆满了成捆的草包，也没见他运出去卖掉。胡老头儿说，柏姑娘，你今天有口福了，你看。胡老头儿捧出一个底朝天的笠帽，帽子底有十几枚白亮的小圆蛋，柏亚男伸手去捉。王三月故意说，蛇蛋。柏亚男吓得缩了手，一个趔趄，差点掉进江水中。胡老头儿说，他吓唬你，是甲鱼蛋，刚才等候你们时，我在堤上寻到这一窝。

胡老头儿说，今年甲鱼把蛋窝安在这么高的堤岸上，怕是江水不会小了。

王三月说，胡伯，这是怎么个讲法呢？

胡老头儿说，按我们祖上传下来的说法，甲鱼蛋窝的高度，就是夏天江水的水位。小甲鱼破壳而出，出窝就能见水。这一窝，距堤面不到三尺。今年怕是要遭大水呢。

王三月心头一沉，想起柏亚男说过的话，赶紧拿出手机搜了搜。长江水利委员会的官网上，真的有了防洪预报，柏亚男没跟他开玩笑。

六　公元一九四五年(民国三十四年)

大同大学是一所由知识分子创立的私立大学，“大同”两字，取《礼记·礼运》篇“天下为公……是谓大同”之意。大同大学群众团体众多，共产党党团活动活跃，而钱中英，其时担任工学院共产党分支部书记。

陈大先再次见到钱中英，是在大同大学的校门口。钱中英正要上一辆黄包车，她眼尖，发现了埋头走路的陈大先。她喊了一声，陈先生。陈大先抬起头，乍一看没认出来，钱中英戴一副淡色玳瑁镜框眼镜，着一身洋花布旗袍，与丹阳圩时村妇打扮的钱中英判若两人。女生说，陈先生不认识我了，我是钱中英。陈大先恍然，不失礼貌地跟她打招呼，说，出门逛街呀。钱中英说，不是，出门喝个咖啡。要不，陈先生陪我一起去？既已邀请，陈大先便上了黄包车。

小老头儿说，莫非陈大先对钱中英有想法？

老老头儿说，胡扯，那时陈大先已与你奶奶结婚，并且有了我。不过，我和你奶奶还在乡下老家，陈大先一人在上海。

小老头儿说，若是他没结婚，与这女生志同道合结成姻缘，您就不是您，我更不是我了。

老老头儿斥责道，疯言疯语。

陈大先到了咖啡馆，才明白喝咖啡的人不止他俩，有六七位。这其实是党组织的一次外围活动。钱中英那时才二十岁左右，却已经是学生领袖，她喝咖啡是假，考察和发现积极分子是真。陈大先有幸被党组织看中，不久，便成了一名共产党员。宣誓过后，陈大先很快与钱中英失去联系，因她已被特务组织盯上，没等到毕业，就秘密前往淮北解放区了。一直到一九四五年春天，钱中英悄悄潜回上海，才与陈大先重新接上了头。钱中英其时是苏皖边区政府水利局工程科科长。钱科长说，陈先生，您现在还去水阳江考察水文资料吗？陈大先说，岁月不太平，一年就汛期去一次。钱科长说，抗战即将落幕，日本战败指日可待，江山很快会回到人民手中，你们这些科学家将成为新中国不可或缺的建设者。上级要求您进一步完善水阳江水文资料，勾画长江建设新蓝图。陈大先原先有点失望，投身革命后，党组织很少给他安排任务，他对革命的满腔热情简直无处安放。他需要做出行动。一九四五年的五月，他以科考课题需要的名义，打算长驻水阳江畔的上元村。

陈大先奔走在水阳江两岸。一九四五年八月十五日，日本正式投降，不久国共两党开战。陈大先的共产党员身份尚未公开，他有没有与三湖县共产党或者新四军游击队挂上钩,不得而知,但是他与三湖县的地下交通站一直没脱钩。中华人民共和国成立后,老老头儿与任职于共和国水利部的钱中英联系上了。陈大先每年的水阳江水文材料都是由地下交通员转交给她，陈大先的烈士身份因此得以证实。

老老头儿说,那些年月,你能被推荐上大学,就是因为你是烈士的后代,根红苗正。你别忘了,说到底,还是你爷爷陈大先的英灵庇佑了你。

七　公元二〇二〇年

王三月一早就被喧闹声吵醒，他赖在床上，楼下嗨嗨的发力声不断，他听出是武术室有人在操练。平时武术队都是在刘家祠堂训练，一是在祖宗牌位前，大家不敢懈怠；二呢，也是为了保密，刘氏武术不传外人。王三月估计武术队是要外出表演，但疫情还没彻底结束，大型聚会尚得不到批准。王三月纳闷过后，突然一骨碌翻身下床。刘四龙是武术队总教官，此刻一定在现场。

他得找刘四龙谈事，这事必须当面谈才算数。

刘四龙果然在现场，他穿一身练功服，威风凛凛，不时斥责队员的动作这不对那不对。王三月挤进观看的人群，上前跟他说，刘主任，借一步说话。

刘主任随他到了院子里，王三月递了烟，替他点上，然后才开口。王三月说，柏亚男昨天过来，让我问问蟹塘投保的事。刘主任说，噢，这事我们合作社还没商量。王三月说，柏亚男说了，上面有新政策，保费每亩二十元，政府补贴十五元，蟹农每亩其实只出五元。刘主任说，你允我算一算，一亩五元，十亩五十，百亩五百，千亩才五千，不多呀。

王三月还没提长江水利委的洪汛预报，想不到刘四龙心情舒畅，倒爽快答应了。王三月递上一根烟，刘主任接了，别在耳根上，说，你也来指点一下他们吧。

王三月得回宿舍洗漱，他还没顾得上吃早饭。正如陈疯子所说，本地人早餐也是吃大米饭。王三月喜欢的早餐是煮方便面，不是用开水泡，煮的时候可以投进去两个鸡蛋，保证营养，作料包现成，也用不着费脑筋。

他还没来得及婉拒刘主任，有一人跑出来把他拦住了。拦他的人是刘大亚。刘大亚现在是网红，是上元的名人。

刘大亚说，王书记，都说您功夫好，进村那天在村头扳倒了一头牛，我今天想向书记讨教一番。

这个刘大亚，他成为网红是因为疫情期间发生的一件事。那天正遇上他那一组在村口值班，圩堤上开来两辆小车，是县城来的小青年。他们扬言一路下来，过五关斩六将，没人敢阻拦他们，问他们是村里谁家的亲戚，他们说就是借道过一过，绕丹阳圩转一圈。刘大亚并不理睬他们，突然起身，先是耍了一套上元拳，又拎起凳子，使了一套矮凳花，把几个城里小混混儿看花了眼。冬天，刘大亚活动开了，身子热，他把值日的棉大衣脱了，随手一扔，吓得那几位后退了几步。刘大亚不看他们，拔起旗杆，以杆为桨，再使一套长桨花。旗杆在他手里啸啸作响，只见旗，不见人，待他站定，那两辆小车早开溜了。这整个过程都被人用手机摄录下来，传到了网上，刘大亚受到网友狂热追捧，点赞和转发者不计其数。外行看热闹，内行看门道。上元武术实际上起源于船战，它有一个局限，立足之地只有一二平方米，所以讲究稳、准、狠，一招制敌。本来是散招，见招出招，灵活多变，但现在已经连缀成了套路，尤其是列为非物质文化遗产后，常常要出去展示，刘总教官不得不加进了表演艺术，扮相美了，但实战性肯定减弱了。王三月知道早晚有一天，武术队的人会跟他叫板，原来等的就是今天。

王三月说，免了吧，我不是你的对手。

刘大亚说，习武比试，也就图个热闹。

武术室也就教室大小，中间铺了一层软垫。刘主任让人撤了，说这东西绊脚跟，还让人腿软。

刘大亚动静大，步伐稳健，王三月等他来攻，攻者心切，容易露出破绽。再者，只有拉开空间，刘大亚的步子出位，才能乱了他的阵脚。王三月以静待动，刘大亚不停地对着空气划拳，一个在东，一个在西，隔着两三米的距离。观众没有耐心，喊，大亚，上啊，上啊！刘大亚终于冲了上来，直拳攻击王三月的门面，王三月一侧身，且挡且退，从东退到了西。刘大亚步步紧逼，王三月不让他有靠近的机会，又从西退到了东。从场面上看，王三月节节败退，刘大亚占了上风。事实上，王三月没让刘大亚击中一拳，倒是刘大亚冷不丁地吃了王三月几记实拳。

观众的呐喊声一边倒，都是替刘大亚助威。王三月产生了怒火。王三月格斗时擅长用腿，他腿长，平时训练最侧重出腿的速度和着位。他虚晃一拳，大亚忙于护脸，王三月的脚却直袭他的腰眼，这是格斗中的技术组合，大亚晃了一下，侧身倒在地上，王三月耳边的呐喊声一下子停止了。王三月抽空看了一眼刘四龙,刘四龙的眼睛几乎喷出火来。好在刘大亚身手敏捷,瞬间站了起来,观众的呼声复起,王三月看一下窗外,连骑在大人脖子上的小观众也挥舞着拳头。王三月冷静下来,他要打败了刘大亚,就是抹黑了刘氏武术。王三月拿定了主意,刘大亚一拳击中他的脸,鼻血喷涌而出。他趁机蹲下来,说,不打了不打了,我认输。刘大亚说,打,才热了热身,这才几个回合呢。

王三月一手捂脸,一手摇晃。刘四龙走进场中央,说,比武到此为止,大家散了。观众散去,卜银花端来一盆水,递上湿毛巾,让王三月擦脸。卜银花说,王书记,你也真是,大亚一天到晚都在练拳脚功夫,你为什么要跟他比这个?你要比,就与他比知识、比文化。刘主任说,你们都看走眼了,是王书记更胜一筹。王三月连忙说,这从哪里说起,明摆着我败了。刘主任说,我也算是道中人,不会被表象蒙蔽。王书记是有胸怀的人,我替武术队向你道谢。

卜委员分不出真假,都说女人的心思难猜,这俩男人的心思更难猜哩。

想不到几天以后,刘大亚又找上门来。刘大亚拎一个塑料袋,夹一瓶白酒,进门打开塑料袋,是几包熟菜。刘大亚说,王书记,想和您喝个酒。王三月说,别,我打打不过你,喝也喝不过你。刘大亚说,书记,不知道您酒量大小,但我知道您功夫比我好,那天您是手下留情。王三月说,你别听刘主任瞎说,他忽悠你。刘大亚说,您太小看我了,刘主任不说,我也能感觉得到您拳脚的轻重。那天您留着量,是给我留面子。

虽然是习武之人,但刘大亚粗中有细,并不糊涂。王三月不能不喝这顿酒,刘大亚是武术队的骨干,也是刘四龙的一杆枪。那天比武,王三月私下认定是刘四龙的主意。刘四龙想把他架火上烤,刘大亚就是刘四龙点着的干柴。习武之人讲义气、要面子，如果他能与刘大亚成为朋友，刘四龙使这杆枪就不顺手。

三杯酒下去，刘大亚说话就跟王三月掏心窝子了。

刘大亚本来也跟着刘四龙弄船，无奈运气不好，有一回船载过重，恰巧遇了大风雨，想盖上篷布，篷布展开就让风卷走了。船上载的是黄沙，老话说下雨天背稻草，越背越重。黄沙汲水比稻草更厉害，刘大亚眼睁睁地看着船下沉，被别人抱着上了救生舟。船沉在江心，打捞的成本不比船的成本少，而造船的资金大多是借贷而来，刘大亚掉进了一个大窟窿。讨债人不断上门，老婆带着儿子躲回了娘家，刘大亚跟人家好话说尽，人不死，债不烂，他一定偿还。刘姓一族当然不会让他一家挨饿受冻，刘四龙带他进了合作社，可是他的头上顶着五六十万的债务，靠养蟹的收入，即使运气好，至少也得十年八年才能还清。

刘大亚说，这上元，真正的贫困户其实只有两家，我和卜委员家。卜银花家是让她男人祸害了，我家呢，是让我害了。急着还债，超载，结果鸡飞蛋打。

刘大亚说，王书记，上岸后，我也急着挣快钱，把家里能卖的东西都卖了，去新圩内赌博。越赌越输，有两次还被警察逮了进去。都是四龙哥把我领回来，苦口婆心地劝我。

王三月安慰他，说，人在，一切都有可能改变。但如果走上了邪路，越陷越深，翻身就难了。

刘大亚说，这道理我现在懂了。王书记，我想跟您说，四龙哥其实是好人。

绕了一个大圈子，刘大亚是在王三月面前替刘四龙点赞。这刘大亚一定觉察出了书记和主任之间的隔阂。这样一条粗壮汉子，心善，还来做穿针引线的细活，难为他了。

王三月说，我看得出来，刘主任是个好人。

上元的村民不差钱，家家有楼，很多楼下还泊着私家车，也是有模有样的日子了。但有的上元人心大、心急，尤其像刘大亚和卜银花男人这样跑过船的人，见过日进斗金的世面，不满足乡村挣慢钱、过慢生活的节奏。王三月看着刘大亚眉宇间的愁苦和焦虑，真想帮他一把。酒上心头，热血满腔，他应该为上元的人们做点什么，为刘大亚做点什么。他能为上元人做什么呢？王三月想下一盘大棋。眼下先得帮刘大亚把老婆孩子劝回来，老婆孩子回来，刘大亚才有家，才不会心慌意乱，才能把日子过成日子。

八　公元一九四五年（民国三十四年）

从历史记载看，珍珠港事件后，美国人对日宣战。一九四四年，美国副总统华莱士访问陪都重庆，这位农业科学家出身的贵客向中国政府赠送了四百包礼物，其中有四十五种植物种子和数十种动物饲料及种子，还有水土保持设备、美国各畜牧学校的名册。又过一年，一九四五年，美国人在日本投下了两颗著名的原子弹："小男孩"和"胖子"。苏联红军也是在这一年对日宣战，风卷残云收拾了七十万日本关东军。中国军民大大加快了抗战胜利的步伐。陈大先站在水阳江边，根本做不到两耳不闻窗外事。他对刘黑皮说，你每天起床后第一件工作，是去县城替我买几份报纸，快去快回。上元到县城，来回四十里，刘黑皮骑上大马，快马加鞭，最迟也要不了半个时辰。刘黑皮看不懂这外地佬的做派，读几张破报纸比干三餐大米饭还重要。不过，这外地佬有一点好，水阳江和丹阳湖这两处所有的边边角角他都跑遍，不愿带着刘黑皮这个跟班了。每天买完报纸，外地佬就放他的假。

刘黑皮不是闲人，日本人撤走了，民团绷紧的弦放松了，族长才把他又派给了陈大先。

刘黑皮有一个梦想，这梦想说不清是什么时候在他脑中产生的，像一粒稻种，发芽、生根、出苗、拔节，终于有一天那叶尖扎得他浑身痒痛，他忍受不住，就把这个秘密吐露给了老爷刘金奎。刘黑皮是老爷家的把头，把头是长工的工头，不仅干一手好庄稼活儿，还负责分派各位长工每天的活计，用今天的话说，也算进入了管理层。日本佬来了，老爷才另有任用，组建民团看家护院。抗战终于胜利了，可是这么多年的仗打下来，民不聊生。别说一般百姓，刘金奎这样的大户也折了家底。这些年，本县政府向农民征粮，日本人隔三岔五下乡抢粮，没遇上洪灾，却比灾年饿死的人还多。若能在丹阳湖围湖造田，这肥沃的土地只要撒下种子，就一定能丰收。刘金奎想，别看刘黑皮手里整天拎着把手枪，这刘黑皮骨子里还是个农民，做梦都梦到土地。

三湖县这三湖，最早统称为丹阳湖大泽。传说春秋时，伍子胥开挖胥河后，疏导了水阳江上游的来水，使三湖水位降低，原来的鱼龙之宅，成为一片沃野。其时，吴王为了战胜强大的楚国，鼓励军民垦殖土地。有一位祠山大人，白天带领民众奋战在筑堤一线，夜晚变身为一头大白猪，拱泥土为堤基，圩成，吴王将圩赐予丞相，故名相国圩。祠山受万民敬仰，本地民众为他建有多个祠山庙，香火至今不绝。而丹阳圩建圩时间后于相国圩，史载是南宋年间成圩，促成者是蔡京，到了南宋，高宗将丹阳圩赐予秦桧。这两人在历史上都没落下好名声，本县人恨不得在史书上抹去那两人姓名。好在祠山是圩区所有人的神，上元也建有祠山庙，每年八月初八是上元的祠山庙会。榜样的力量是无穷的。从大处说，刘金奎中过秀才，通读四书五经，青史留名是那个时代所有书生的梦想。往小处想，这丹阳湖围圩成功，他刘金奎近水楼台，收购大批良田，是发扬光大祖业的最佳时机。

刘金奎思量了几天，唤来刘黑皮，让他将一封信转交给江对岸的魏老爷，邀请他八月初八来上元逛庙会、看大戏。刘黑皮觉得老爷听进了他的主意，开始动作了。他将报纸扔进陈大先房间就闪了。他好久没见到魏长叉了。魏长叉当然不是魏老爷，这人喜欢使一把长柄渔叉，故得此外号。老爷们都有高大上的名号，魏长叉与刘黑皮一样，是魏老爷的家丁、魏村民团的团长。

刘黑皮与魏长叉,或者说刘老爷与魏老爷的纠葛,说来话长。

水阳江进入丹阳湖,江水由浊变清。丹阳湖的形状好似一支长喇叭,喇叭口处就是石臼湖了。胜利圩没筑之前,天晴,站在丹阳圩的圩堤上,可以看到对面圩堤上的村庄,那圩就是湖阳县的金银圩,那村庄就是魏村。丹阳圩与金银圩的圩民争斗,明清以来一直没有停止过。两边都认为自己才是丹阳湖的主人,丹阳湖水产丰富,鱼虾自不必说,荷藕、红菱和芡实也是双方的抢手货。有时是单打独斗,有时是有组织的群体械斗,械斗中免不了死伤,官司打到省府,甚至打到朝廷,丹阳湖属于谁,谁都讨不到个明确的说法,看样子两村的人只能世世代代争斗下去。上元和魏村村民的习武风气,村民们在本县远近闻名的武功,其实也是在两村的争斗史中发展而来。特别是到了洪水季节,两边圩堤上的村民都盼望对方破圩,一旦那边真的破圩,这边恨不得敲锣打鼓庆祝。一方面是因为只要对方破了圩,圩内满水,洪水水位跟着下降,这边的圩堤就减轻压力,安全多了。另一方面,不能不说是仇恨心理作祟。

六七年前,那时日本佬还没驻扎到水阳镇。正是秋天,太太突然想吃新鲜的鸡头米。这鸡头米学名就是芡实。陈大先每次从上海来,都会给老爷和太太带礼物,他给老爷带纸烟、洋酒,给太太带洋布和洋点心。他一年有几个月住老爷家,包吃包喝,空手是不好意思跨进门槛的。本地人吃鸡头米,都是砍了那“鸡头”,往水缸里一扔,等那外皮烂了,扯掉皮,就是白珍珠一般的鸡头米。把它碾成粉,做团子做糕点。陈先生有回不经意说,你们这种吃法太可惜了,把那鸡头米里的维生素丢失光了。太太记下了，一到季节就惦记吃新鲜鸡头米。

一般情况下，上元人下湖，都是几十条船成群结队，防止在湖中遇见魏村人擦枪走火。两边人家里都有枪，以前是打鸟的铳枪，子弹是铁砂子，一枪能放倒一片野鸡野鸭。后来是老爷给家丁配的长枪短枪，一枪就能毙人命。但两村打斗，从没有人带枪，更谈不上放枪。使凳使桨、使刀使叉是祖宗传下来的，谁要是使枪，那就违反了祖宗的规矩。这规矩没成文，却人人心里明了。刘黑皮这次没顾得上召集人，鸡头米还不够成熟，大规模作业还得等几天。刘黑皮自恃武功高强，一人一船下了湖。

芡实取名鸡头米，是因为其果实形似鸡头。不仅果实长刺，它的茎秆和叶子也长满了刺，全副武装。本地人说某人尖牙利嘴招惹不得，就称他是棵鸡头米。但在刘黑皮手下，它是小菜一盘。刘黑皮手使一把长镰刀，右手用破布裹住“鸡头”，镰刀在水下一钩，鸡头米就拖着长长的秆子出了水面。它的茎根剥去尖刺，也可以做一道炒菜。湖面上的鸡头米越割越多，刘黑皮割得兴起。其实太太嘱咐过，有几个解馋即可。等刘黑皮摸出烟袋抽窝烟时，才发现糟糕，十几条船正朝他包围过来。刘黑皮调转船头朝南岸撤退，可为时已晚，刘黑皮解下船桨，打落几个壮汉，终因寡不敌众，被魏长叉他们捆个结实，连人带船被魏村人俘虏。

天黑了，刘金奎不见刘黑皮回来，晓得出事了。召集村人商议，有人认为，刘黑皮是被湖匪掳去，更多人认为，是被魏长叉劫走。丹阳湖的芦苇丛里藏着湖匪，但匪首是明白人，从来不打湖边两村村民的主意。村民下湖，湖匪最多能抢到点湖产，湖匪看不上眼，更怕招惹了这两村彪悍的村民，捅了马蜂窝。他们的目标主要是过往的商船。曾有过村民眼红他们大碗喝酒大块吃肉的日子，农时务农，闲时从匪。刘金奎知道后，召集族中老人到祠堂聚议，结果是绑了此人，再绑上石头沉湖。自那以后，再无人入伙湖匪。湖匪与岸上人家也不是毫无瓜葛，有歇站落脚的户头，进门喊一声亲戚，喝个茶、吃个饭，只当亲戚来去，也不能算通匪。第二天一早，刘金奎让这户的男人下湖走一趟亲戚，带回的话是，鱼走鱼路，虾走虾道，螺蛳无足绕着走。说白了就是他们没动刘黑皮。那就只有一种可能，刘黑皮落到魏村人手里了。上元人群情激奋，人若犯我，我必犯人。

刘黑皮被魏长叉扔在马棚里，魏长叉声称刘黑皮是盗贼，偷了魏村的鸡头米。刘黑皮说，谁说这湖里的鸡头米都姓魏，你喊一声它们应声，我就认。魏长叉不和刘黑皮斗嘴，让手下将他衣服扒光，把几捆鸡头米在地上摊开，一人抱他的头，一人抱他的脚，往那鸡头米上夯。可怜刘黑皮，一身腱子肉再紧，也挡不住细如钢针的尖刺，一个坏心眼儿的家伙,还把鸡头米塞在他胯下。他们把刘黑皮折磨得奄奄一息,才嘻嘻哈哈扬长而去。刘黑皮毕竟不是等闲之辈,他在石马槽上磨断了绳索,在天亮前逃出马棚。好不容易找到自己的四舱船,桨和拐都被魏村人取走,他以手代桨,第二天下午才漂回南岸。

其实也可能是魏村人故意放他走。本来也只是想让刘黑皮这家伙吃点苦受点罪,灭掉他的威风,以此警告上元人。

刘黑皮被抬回家中,无比羞愧,进了自家大门就嚷道,关门,关上门。老婆看到他的身子,心疼得哇哇大哭。那鸡头米的尖刺带毒,沾水处开始溃烂,刘黑皮全身上下找不出巴掌大的好皮肤。幸亏陈大先把他的医护包送来了,刘黑皮老婆先用镊子夹出肉中的断刺,用烧酒消毒,再抹上陈大先给的黄药膏消炎。从当天下午到第二天早上,刘黑皮老婆拔刺拔了半天一夜,刘黑皮哼了半天一夜,刘黑皮夫妻的伤痛在上元的夜空摇荡,仿佛那些刺是扎在村人的心上。刘金奎睡不着,来到刘黑皮家一坐就是一个时辰。

此仇不报非好汉。然而,事情总是不以人的意志为转移,上元与魏村还没开战,日本人的铁船开进了丹阳湖,水阳镇上驻扎了一个小队的鬼子军。湖匪纷纷逃上了岸,丹阳湖不太平,有渔民挨了日本三八大盖的枪子儿,浮尸湖面,再没有百姓敢下丹阳湖。

小老头儿说,今天这一段没陈大先什么事,陈大先不过贡献了一个医护包。

老老头儿说,早先搞田野调查的人,随身都有一个医护包。

老老头儿还说,你懂个屁,历史人物都活在大背景中。陈大先是英雄,沧海横流方显英雄本色。

九　公元二〇二〇年

王三月说过要去胡老头儿家蹭饭，其实并没有去吃过几顿。俩老人很热情，把他当贵客招待，腌肉、咸鱼，每次还杀只鸡，王三月过意不去，每次去都不空手，夹条烟、拎瓶酒，还专门从县城买了量血压和测血糖的仪器送他们，教他们自己量血压和测血糖。胡老头儿这人有个缺点，爱显摆，常跟村里人咋呼，昨天王书记来我屋里吃饭了。王三月得顾忌在村里的影响，渐渐就不再去了。这天傍晚，胡老头儿专程跑到村委大楼，说，今天你一定得去我家吃顿饭，我好长时间没跟你扯闲篇了。王三月答应了，出门又回头，从房间里拿了瓶酒。

胡老头儿的院子里还立着那台草包机，边上是一个石碌碡。打草包的稻草，先得用碌碡压扁，顺便把稻秆上的枯叶碾碎除掉。看他一楼的窗户，堆草包的房间已被草包堆得严实。他老伴儿在厨屋忙活，院子里弥漫着咸菜的干香。一张小方桌摆在院子中央，他老伴儿上了菜，两人就端酒杯开喝。

胡老头儿是个关心国际形势的人，这一点王三月早就领教了。现在是信息时代，城里的时尚传到乡下，也就分分钟的事。卜银花晚饭后带着一帮妇女在村委大院跳广场舞，是王三月每天必须面对的风景。只是相比县城，乡下跳广场舞的大妈相对年轻，年纪大的老太太还是不好意思加入。随身带一个微型收音机出门的老人，在城里很普遍，在上元却只有两位——陈疯子和胡老头儿。胡老头儿除了听收音机，每天的《新闻联播》必看。这就是通信时代的好处，一个老农民可以坐在家中知天下事。老伴儿上菜，见他滔滔不绝，说，你能不能让王书记吃口菜再听你吹牛？王三月说，胡伯讲的我喜欢听，胡伯有国际眼光，难得。他老伴儿说，他呀，净扯天边没影儿的事，吹起来就忘了正事。

胡老头儿邀他来吃这顿饭，有什么正事？

老胡说，在上元，刘四龙替刘姓人说话，卜银花也可以替卜村人说话，但是，我们胡村人却没有一个人在村委会，我们胡姓没有代言人，这不公平。所以，我们胡村人希望村委会改选，能有胡姓人当选。

王三月说，做村委干部，吃苦受累多，挣的补贴少，胡村有人想参选吗？

老胡说，为人民服务是权利，往小处说，胡村人争的是这口气。我三个儿子，人品端正，尤其我大儿子胡红专，中专毕业安心务农，胡村人都希望他能替胡姓做主。

这才是胡老头儿要谈的"正事"。

王三月搛了一口菜，说，胡红专想为大家做事，是好事。但是,如果只想为胡姓人做事,这就是狭隘。我希望他想的是为整个上元的村民做事,做好事。

老胡说,那是,那是,王书记说话水平高。我也知道,胡村人口少,刘四龙不会让杂姓人当上元的家。牛不知角弯,马不知脸长。这家伙霸道,就您做一把手书记,我们村也少不了受气。

苏南农村这帮六七十岁的老头儿,其实都有文化知识。荒唐年月过后,拨乱反正,农村中小学教育普及,小学"戴帽"办成初中,初中"戴帽"变成了高中,说起来,老胡也是高中毕业生。有文化就有见识,有见识就有想法。

胡老头儿瞬间转移了话题,说,王书记,吃鱼,这湖刀是我专门去湖里下网捕的。

湖刀鱼长得跟江刀鱼差不多,江刀鱼已难得一见,据说市场上几千块钱一斤,但湖刀鱼廉价,一斤只卖十几块钱。刀鱼肉质鲜美，缺点是刺多，一不小心就扎进喉咙，王三月小时候被鱼刺扎过，心有余悸。看胡老头儿盘中已有四五条鱼脊，他将半截刀鱼搛进嘴中，颊间起伏几下，舌尖一卷，一排整齐的鱼刺列于嘴角，嘴角上像是戴了一件亮闪闪的银饰品。这整个过程并不影响他说话。

难怪三湖民间有句老话：出水才见两脚泥，吃鱼方知三湖人。

王三月嘴上应声，吃，却不敢下筷子。院门外，有人影挑着粪筐一闪而过。王三月喊了一声，陈技术员！一会儿，院门口出现了陈疯子的脸，说，王书记，是你招呼我？

王三月说，来，坐下喝杯酒。

王书记都邀请了，胡老头儿只得说，老陈，稀客稀客，进来喝酒，也就加双筷子加个杯的事，请进请进。

陈疯子坐下，胡老头儿老伴儿给他加了碗筷和酒杯，王三月替他斟了酒。陈疯子说，我不喝酒，我血糖偏高，限食。医生说，一小杯酒相当于一碗米饭的糖量。

王三月给他搛了一块咸鱼，说，那您吃菜。

陈疯子说，咸鱼中含有亚硝酸盐，对身体不好。

这陈疯子真是不会说话。他端正坐着，两只手摆在膝盖上，得罪了胡老头儿还不知道。

陈疯子说，王书记，您叫住我，有什么事？

王三月说，也没什么大事，我就是想问一下您，您那天在新圩里找仙草，那湖里真的有仙草？

陈疯子笑了，说，我逗你们呢，哪有什么仙草，我是找野稻。这么多年，我们这里的湖熟稻消失了，我不甘心，一直在寻找它。

王三月说，野稻？找到了能重新推广栽种？

陈疯子没了拘束感，开始给桌上这两位上课。

陈疯子说，大约一万两千年前，中国人驯化了野生水稻，小麦呢，追根溯源是西方人驯化的，后来传到了黄河流域，而我们长江流域一直以栽种水稻为主。当然，后来水稻也传播到了东亚和东南亚。比如日本，日本话中的“年”就是水稻的意思，日本人的雕像上挂的是稻草环，日本人的相扑场地围的是稻草圈，水稻在日本文化中地位尊贵。不仅日本人的稻米好吃，还有泰国的香米，那都是我们中国的稻种演变来的。而我们人口多，追求产量高，大面积引进外来稻种，但本土的稻米品种正在消亡，比如说我们的湖熟水稻。都说三湖人一日三顿大米饭，引以为傲。为什么现在的年轻人早餐不肯吃米饭，年老一辈早餐吃米饭也咽不下？那是因为现在我们吃的米和以前本地产的湖熟米有天壤之别。真正的湖熟米做的饭，香、润，入口一嚼，糯、甜，诱使你狼吞虎咽，顾不上吃菜。

胡老头儿不服，说，小时候我也吃的是这米饭，也没你说的这么玄妙。

陈疯子说，那是你当时身在福中不知福。现在要能吃到那样的饭菜，就不是一般人了。比如你们胡村和卜村的稻子，都是从我们种子站买的稻种。稻田产量是高，稻田养蟹养虾，各种带生长激素的饲料和化肥齐下，你们那蟹不是蟹、虾不是虾，稻米烧出的饭就别想有好味道。

陈疯子下意识地看了一眼桌子边上放的一盆米饭。这等于是当面打胡老头儿的脸，胡老头儿要发作，王三月按住他，说，陈技术员，那您稻田里种的都是湖熟稻吗？

陈疯子说，我培育的品种，接近湖熟稻了。如果能找到本地野稻，那才可能重新复活湖熟，甚至出现比它更好的稻种。

王三月说，那能不能把您试验田的稻米，卖一点给我尝尝?

陈疯子严肃地摇摇头,说,这点稻米,就只够供应我和我爸,还有我儿子一家三口。

陈疯子就是陈疯子,他筷子没动,扔下一堆怪话,走了。王三月对老胡说,我们要容得下他这样的人,怪人怪性格,他说不定是有真本事的人,不能小瞧。

王三月决定和卜银花认真谈一次。卜银花也就比他大几岁,读过中专,专业是电子商务,可上元除了有间房子挂着电商的牌子,并没有人真正上线经营。

王三月把卜银花约到了书记办公室,门敞开,还专门替她泡了一杯茶。卜银花说,王书记,泡茶是我的工作,你弄反了。王三月这么讲究仪式感,卜银花聪明,明白王书记是要跟她谈正事。王三月说,按道理有些事我不应该问,是你的私事。你一个人拉扯孩子不容易，听说你老公陷进传销了，我觉得你应该把他劝回来。卜银花说，劝不回，搞传销的人都被洗脑了，财迷心窍，他要不是走火入魔，想回来怎么也能回来。狗想吃屎，拉也拉不回。胡村的胡红专，跟他一起去的，人家心明眼亮，发现苗头不对，几天后就逃出来了。

卜银花惨笑了一下，说，王书记，你是不是怕我拖上元村奔小康的后腿？你放心，我已起草了离婚协议书，只是找不到他签字。他向亲戚朋友借钱投入传销，是他个人债务，这钱没有一分用于我们家庭生活。按《婚姻法》规定，离婚后他欠的债他偿还，我不需承担还债责任。

王三月说，即使离了婚，他还是我们上元村的人，还得想办法弄他回来。我们作为村干部，还是有责任帮助他。

卜银花说，那是另外一回事，还做他的老婆是绝不可能了。我要有那能耐早弄他回来了,你找别人去弄吧。王书记,现在农村青年的婚姻观,与城市没有区别了。我们这茬人,都受过现代教育,没有谁离了谁就过不下去。

王三月点点头,说,第二件事,还非得请你出马才行。

卜银花说,王书记,工作上的事,你尽管布置。

王三月说,就是刘大亚的事,他老婆长期住在娘家,也不是长久之计。我听说你和他老婆是中学同学,你去一趟做做工作,劝她回上元。

卜银花说,没错,我们是同学,大亚这人本来正直,两人感情也好,都是让那些登门要债的人逼的。每天打开门,要债的人堵在门口,有茶喝茶,有饭吃饭,别说骂人,你脸色稍有不顺,人家就砸杯子扔碗。这日子哪里是人过的,男人一甩手走了,女人在家独自受这份罪。当初,我都不知道怎么熬过来的,一个女人被逼到绝境，除了撒泼能有什么招？大亚家老婆回娘家前跟我讨过主意，我支持她走。

王三月找刘大亚谈过几次，刘大亚对付债主的办法是耍横，人家没招，上法院告他，官司自然是刘大亚输，把他的房子判给了债主。可是谁敢住进他的房子？法院拍卖，没有人买，再低的价也没人买。上元村刘姓是大姓，刘大亚的房子在村中间，谁要是敢住进来，一村人的白眼就够他吃的。刘大亚撕了封条，笃笃定定地住在家中，刘四龙出面做了些工作，就睁只眼闭只眼暂且让他住着。刘大亚神气了，说，只要是上法院告他的债主，别想从他手里拿一分钱。

王三月对刘大亚说，人家当初肯借钱给你，也是帮你、信任你。

刘大亚说，说穿了，那些人是贪图高利息。

王三月说，不完全对，至少人家是相信你的人品，才敢把注押给你。

刘大亚声音小了，说，我也不是说真的不还，不过是排队谁先谁后。

王三月说，你要肯听我的，就把每年的收入按比例还债，告过你没告过你的人一视同仁，欠钱不丑，赖账才丑。你这样做，别人才想得通，心理才平衡。保住了口碑，你才有东山再起的机会。

王三月对卜银花说，你转告刘大亚老婆，只要她肯回上元，若是有债主上门纠缠，她打个电话给我，我第一时间到场，动之以情，晓之以理，不让她为难。

卜银花应下了。

王三月说，我还有第三件事，就是发展电商的事。

卜银花说，我知道王书记的意思。我在中专读的是电子商务，读高中时懵懂，高考没考好，填志愿时随便填了这个专业。前几年上级政府号召搞电商，我觉得歪打正着，用得上了。我们村开办了两期电商培训班，我还请来了我读中专时的老师给大伙上课。可是，热闹劲儿过了，做起来的人没几个，而且那几个人做得也惨淡，后来干脆歇了。

王三月说，为什么？

卜银花说，我们这里特产是“水八鲜”，也就是茭白、水芹、慈姑、芡实、荸荠、莲藕、红菱、湖芭这八样。可是这些东西在江南江北水乡实在太普通了，而且很多地区都已经人工栽植，产量大、货量足，我们竞争不过人家。

王三月说，野生的口味应该比人工种植的口味好啊，城里人不是说物以稀为贵吗？我们可以加价呀。

卜银花说，野花是比家花香，野茶是比家茶味劲足，可是，没尝过的人不知道。所以，很多产品都请明星代言，或者请网红带货。可是，咱们这点产量，全卖了也不够付他们的出镜费，要知道，明星出镜带货，动不动就收费百万千万。

王三月说，那我们可以培养自己的网红，头一个就是你卜委员。我看那个著名的网红，可比不上你，你排第一，她才排第七。

卜银花说，你这是拿老姐打趣呢。

王三月说，我可不是拍马屁，平台有了，人才有了，可能还需要持之以恒，还需要加大宣传力度，强调我们的特色。当然，我们还得进一步寻找货源，把眼光扩大到整个三湖地区。

王三月思维活跃起来，说，还需要进一步挖掘人才，比如刘大亚的老婆，也可以鼓励她加入。网红也讲究特色，和产品一样，有特点，就有人欣赏。

卜银花说，真想不到，王书记年纪轻轻，还挺有研究。

王三月没被打断思路，接着说，要说我们的拳头产品，我最近想到了一个，陈疯子培育的水稻品种，不瞒你说，我上门讨过他家一顿饭吃，那真是从没吃过的好东西。他正在培育、复活我们本地的湖熟水稻，如果能培育成功，那更好。现在我打算买下他所有的稻子做种子，向全村农户推广，大面积种植。到时候，我们的电商平台就有了打得响的本地商品。

卜银花说，你是说县城来的那个捡牛粪的小老头儿，大家喊他陈疯子的那个？

王三月说，正是他，那人本来是县种子站的技术员。人家没疯，人家只是把脑筋放在一件事上，不像我们，既想淘江，又想扒海。

十　公元一九四五年(民国三十四年)

日本人在水阳镇扎下据点，日军只有一个小队,伪军却有一个中队。上元离水阳镇也就三四里地,都说兔子不吃窝边草,但日本人不是兔子,是鬼子。先是抓民夫筑碉堡、建岗楼,接着是清乡扫荡。上元首当其冲,不得安宁。日本人弄来了两艘铁壳船,在丹阳湖中巡逻,他们一定认为丹阳湖里藏着新四军游击队或者中央军。其实,皖南事变后,国民党军第40师119团一直驻扎在三湖县，追捕清剿新四军突围人员,新四军突围人员在地下党掩护下早就回到了大部队。而119团是正规部队编制,丹阳湖的芦苇荡里别说一个团，一个连的人也躲藏不下。日本人在湖面上打死的第一个人就是上元刘姓人，尸体漂到岸边，膨胀了几倍，装殓时棺材都盛不下，在家属的痛哭声中，刘金奎和刘黑皮羞愧难当。湖阳人狠，日本佬更狠，将上元人的脸面按到了裤裆里。日本人还常常进村抢粮食，抢不到粮就烧房子。上元人只得在水阳镇对岸布哨，看到穿黄皮黑皮的队伍出发，就传回消息让村人“跑返”，顾名思义，就是灾难来了先跑，灾难过了再返。在日寇占领区，这个词成了逃难的专用词。上元人将粮食藏在四舱船上，将村子与圩内垛田间的桥梁全部拆毁，得到消息，男女老少全都上船，向圩内河汊处奔逃。也有来不及走远的。有一对小夫妻，妻坐船头，夫在船尾划桨，居然让小鬼子的子弹击中，双双落水而亡。日本佬有船，但那铁皮船无法翻过圩堤，恼怒之余，报复的办法就是烧房。刘金奎的四进瓦房大院就是这样被日本佬一把火烧光的。

刘金奎在废墟的中央临时搭了三间小屋，主仆十几人挤在其中。面对烧焦的木头、破碎的砖瓦，国仇家恨，让一向骄傲的族长大人呼天抢地、咬牙切齿。

有一天夜晚，一个头扎红布、身穿白衣白裤的人推开了小屋的门。夜色苍茫，来人这身打扮让仆人以为是天兵天将，是菩萨派来的救世主。来人见了刘族长，却说一口三湖本地土话。来人称他是大刀会的联络员，会头命他来联络上元，邀请民团共同攻打水阳镇的日本佬。刘金奎和刘黑皮都听说过大刀会，传说这些人人手一把大刀，念过咒语后，刀枪不入。但这个民间组织一向活跃在山区，很少到圩区来。刘族长问，为何你们不打县城，却长途奔袭这圩区的水阳镇？来人说了实话，是他们的一个副总舵，途经水阳镇，被日本人扣下了。

刘黑皮说，都说你们使大刀，为何你腰间挂的是匣子枪？

来人说，我在你们圩区奔走，背着大刀不便，还是使短枪无碍。

刘老爷说，我信你了。

来人朝刘金奎双手一揖，说，族长大人可有怀表？到时候约好时辰，我们在水阳镇码头集合。

族长说，我有，到时候我让他们带着。放心，我们上元村的民团不会误大事。

上元的民团说是团，其实最多也就一个排的人。一支短枪、七八条长枪，配备抵不上中央军一个班。大刀会的人，挑了良辰吉日，后半夜鸡鸣前，天麻麻亮，码头和石阶上坐了黑压压的人群，大刀会的人占了一大半。他们都一样的装束，红巾扎额，上身短褂，下身罗汉裤，大刀插在背后。会头一声令下，众人拥进了水阳镇。所谓镇，也就是一条大街，青石铺街面，两边是商家。听到动静，有商家亮了灯，见是过路队伍，赶紧又灭了灯。日本佬的据点在一字街的西头。他们摸岗哨时动作不利落，哨兵扣响了扳机，惊动了日本兵和伪军。日本人的据点原是一富商家大院，占下后他们在院门口筑下工事，在院中建有一座高大的碉堡。顷刻间，进攻的队伍就被敌人的火力压制得抬不起头。有自以为喝了雄黄酒吞了丹砂的大刀会会众，念着咒语勇猛冲锋，日本人的子弹却不理会这法术，生生钻进会众的肉身。连续进攻了三次，院子门前留下了一排排尸体。进攻者不气馁，敌人却更加猖狂，发起了反冲锋，冲出据点。大刀会和民团毕竟缺少作战经验，众人作鸟兽散。但是一字街两边的商家不知所以，把商铺的门板扛得死死的，所有人只能沿着一字街向东溃逃。那个凌晨，水阳镇的大街上布满了伤员和遗体。据《三湖县志》记载，这一战，三湖民众战死七十八人，伤一百二十几人。

刘黑皮撤退时屁股上挨了一枪子儿，他立不起身，趴在青石板上等死，却忽然间被人扛到了背上。这人喝令他，抱紧我脖子，别往下掉。声音有几分熟，天还没有大白，刘黑皮猜不出他是民团中的哪一位。逃命要紧，此时顾不了别的，颠簸中，他渐渐晕了过去。

他醒来时趴在凉席上一丝不挂，他嚷嚷道，衣裳，我的衣裳呢？一个声音说，别动，你的屁股上刚挖出颗枪子儿，还好，只伤了皮肉。刘黑皮这才觉出了来自屁股的疼痛。那个声音说，刘黑皮，你这屁股我们不是第一回见，有啥稀罕。不过，你自己看得贵重没错，你全身上下也就这里还算白净。

说话的人是魏长叉，是魏长叉救了他，把他背回了魏村。魏长叉说，你小子比头猪还重，为了把你背回来，我只得将手上的长渔叉扔了，你得赔我。

刘黑皮说，渔叉换了我的命，该是我赔。

刘黑皮这一回在魏村过得惬意，虽然吃了败

仗，但魏老爷把他当英雄看。这一仗魏村也有死伤，死者灵位进了祠堂，遗属按惯例由全村义养，伤者由村人请来县城医生治疗，并好生照看。魏长叉为了给伤员提供营养，捕鱼摸虾，还冒险下湖打了几只野鸭。刘黑皮急着回村，他惦记上元民团的伤亡情况，可魏老爷和魏长叉不答应，直到半月后，他已经能蹿上跳下，才用一条四舱船趁夜色把他送回上元。

临走前，刘黑皮和魏长叉结了把兄弟。魏老爷也托他给刘老爷带去一封书信，魏刘两姓要做亲戚走动。

刘黑皮再去魏村，给魏老爷和魏长叉各带了一坛酒。有好长时间没跟魏长叉喝酒了，居然有点想念。船上摆着一支檀木柄渔叉，那叉是他央求铁匠用最好的钢、最经心的手艺打造的，给了铁匠双倍的价钱。

小老头儿说，陈老师，这一章也没陈大先什么事。

老老头儿说，你爷爷回老家看我和你奶奶了，不在场。八月初八上元庙会，他才回到上元。

小老头儿说，我觉得您不是教历史的，是教语文的。也许您根本就不教书，您应该去说书。

十一　公元二〇二〇年

王三月确实跟陈玉田讨过一顿饭吃。

王三月走进陈玉田的院子，是掐准了吃晚饭的时间。院子里摆着一张小方桌，小方桌两侧摆着两只小矮凳。这种小矮凳在圩区很普及，下湖时放在船头船尾，轻巧，不占地方。渔民坐在小矮凳上喝茶或者端着碗就着火炉上的锅中菜吃饭，是丹阳湖湖面上常见的风景。丹阳湖筑成新圩后，渔民上岸从耕，只要不是逢年过节，平时吃饭时也就一人坐一只小矮凳，和那些山区的农民喜欢端着碗蹲着扒饭一样，习惯养成。别小看这小矮凳，现在的木匠没几个人能打好。现在的木匠用射钉枪，叭叭叭打进去，当时牢靠，几个月后就会吱吱作响，人坐上去小矮凳就唱歌。而老货小矮凳，都是用榫头对接，凳腿断了，矮凳也不会散架。刘氏的矮凳花，使的小矮凳都是家传的老货，闲时是凳，练时是武器。现在家具店卖的小矮凳不敢要，担心那玩意儿没伤对手，先把自己伤了。看样子陈玉田和他父亲入乡随俗，也喜欢在院子里露天吃饭，也喜欢坐着小矮凳、围着小方桌，高兴了扔一口饭给鸡，扔一块骨头给狗，不高兴，一脚把它们踢远，这才是农家日子。小方桌前只坐着一个老头儿，瘦骨伶仃，却精神矍铄，应该是陈玉田的老父亲。

老人说，你找谁？

王三月说，我不找谁，路过，讨一顿饭吃。

老人说，欢迎，欢迎你，能进我的门就是有缘，就是亲戚。

本地民风淳厚，上门讨碗水喝讨顿饭吃，有求必应，不问你是从哪里来，也不打听你到哪里去，更不去怀疑你是谁。想不到老人不是本地人，却有本地人的遗风。

陈玉田从厨房双手端一盘菜出来，见是王三月，眉头明显皱了一下。放下菜，用围袄擦了擦手，并不与王三月握手，说，王书记，有什么事？

王三月说，没事，到您家讨顿饭吃。

陈玉田说，我这里没肉，也没酒。

王三月说，有碗饭吃就行。

老老头儿居然听明白了，说，哎哟，原来是王书记，失敬失敬。

王三月说，陈老先生，我不请而来，不好意思。

陈玉田做的晚饭确实简单，一份炒青菜、一份湖芭根，还有一份银鱼干鸡蛋汤，清淡。米饭呢，两人的量，居然是在大灶上烧的，只占了锅底一小圈。王三月听村民们说过，当初俩老头来村里落户，怕他们买菜不便，村里人纷纷给他俩送菜。后来有人发现，那些蔬菜都喂了他家养的小鸡崽，多了的菜居然任其烂掉也不下锅。糟蹋天物呢。小老头儿解释说，他下乡就是不想吃施过农药化肥的菜。小老头儿在田角落种了两垄蔬菜，和他的试验田一样，收获很少。家家都打农药，害虫们飞来飞去，在他的田里才找到了乐园。小老头儿不嫌收得少，说，虫吃剩下的我们吃，反正我们也吃不了多少。村民们再也不给他家送菜。给他家喂鸡，还不如喂自家的鸡，农家人，不仅要喂鸡，还要喂猪喂羊。这陈玉田，就把疯子的外号在上元坐实了。

王三月说，陈技术员，其实在县里时我就知道您的大名。

陈玉田说，人人都知道陈疯子。

王三月说，我爸退休前是农业局副局长。

陈玉田说，王副局长？认识。

老老头儿插话，我也认识，他读中学时我教

过他。

王三月说，陈老先生，那您就是我的师爷了，师爷爷好。

要想品出米饭的滋味，最好的方法是不吃菜，反复咀嚼。陈家的米饭看着软绵，却耐嚼。王三月细细咀嚼，先是有甜味，接着是齿颊生香，但这香味不像泰国香米那样的浓郁，而是青草的香味，淡而久长。看王三月专心的样子，陈玉田说，这还是杂交品种，真正的湖熟稻米有荷叶才有的清香。

王三月说，这稻子可以育种吗？

陈玉田摇摇头说，只是几种稻苗嫁接的产物，无法育种。我目前育出的苗，走的是人工去雄杂交，就是一朵花一朵花进行，能得到的种子数量太少，无法大面积栽种。

王三月听不懂，说，如果找到了您说的仙草，能不能自己育种？

陈玉田说，能，大粒育种，古人就是这样驯化野稻的。

王三月说，找了这些年，您一直没找到？

陈玉田说，找到过，在江边的石坝缝里。找到过两蔸，我没来得及保护，就让牛啃了。

王三月说，这野稻怎么会只有几棵呢？

陈玉田说，也许是几十年前，有人不小心落下几粒稻，一直缺少生根发芽的条件。突然间有了阳光水分，谷粒终于遇到了天时地利，就生长了。

王三月说，生命真有说不清的力量，一粒稻子，几十年后居然能从石缝里生长出来。陈技术员，您还能再发现野稻吗？

陈玉田说，能，一定能，生命都是顽强的。我在找野稻，野稻一定也在找我，但它没长脚，只能等我去发现。湖熟稻才消失几十年，只要我找下去，迟早我们会相遇。

王三月问陈老先生，说，都说叶落归根，您俩怎么到上元来落户了？

老老头儿犹豫了一下，还没开口，小老头儿说，不奇怪呀，我们的祖籍地是山区，我爸打懂事就生活在三湖，我是土生土长的三湖人。打这里走出去的人，拥有稻田才算拥有故乡。

陈玉田最后一句话，让王三月刮目相看。

连续的雨天，水阳江水位不断上升，圩田内涝越来越严重，人的心情也变得压抑。这天，王三月本来答应卜银花去河边现场直播挖湖芭根，雨太大，只能在电商教室里室内直播。

卜银花是个细心的人，疫情防控尚未彻底解除，每台电脑都与邻座隔了两个座位。王三月开始不肯直播，卜银花说，你看这网上，市长县长都有直播带货，为本地产品打开销路。再说，你这么好的颜值，我们不能让资源浪费。王三月只得答应。

他的直播还真火了，推销的湖芭几天后就断货了。柏亚男说，王三月，你快要成网红了。

水阳江的水位超过了警戒线，但老百姓没把洪汛当回事。水位超警戒线三五年出现一回，二三十年了也没见过破圩，狼来了狼来了，大家都不当真了。真要是破了圩，灾难家家有份儿，王三月不敢大意。在防汛会议上，杜乡长说东坝已经由武装民兵接管，昼夜巡逻。清道光二十九年，丹阳湖大泽水位高达十三米，东坝被当地民众掘溃，造成苏州、无锡、常州、镇江一带重大水灾。自那以后，东坝土坝改为石坝，并长期驻兵看守，到了民国，还长驻一个排的官兵。形势不容乐观，王三月和刘四龙挨家挨户做工作，动员在外打工的人紧急回村。非常时期，村委会制定了政策，每户出一人巡圩，不回来巡圩的人每天出一千元，村委会用来雇工。老百姓会算账，在外打工者基本都返回了村里。

上游的第一波洪峰将要到达，水阳江水位急速上蹿，中央台播报，水阳江防汛升为一级防汛。三湖县上上下下都紧张起来，县长书记全部下乡到挂钩的圩子蹲点。圩堤上隔几里地搭建一个防汛棚，塑钢骨架，大红帆布，帆布上写着一个醒目的大字——“警”。这里，白天是送水牌的人歇脚之地，晚上则是干部和青年突击队员的地铺。所谓水牌，是一块长方形木牌，上面写着序数，送牌者一手持牌，一手拎着铜锣和木槌，沿着圩堤巡视，水牌一站一站往下递，人停牌不停，二十四小时循环。一旦发现危情，立即敲锣鸣警。送水牌不是为了送牌，是为了一路巡查水情，出不得一丝纰漏。送牌者都挑选五十岁以上的男人，而青年人都组成突击队，主要是巡查圩堤内侧。堤外大水压境，溃堤常常是因为堤埂内侧出现漏泄。有句俗语，千里之堤，溃于蚁穴，就是指蚁穴这样的小洞，一旦漏水，也能越掏越大，毁了堤坝。突击队员五人一组,在圩埂的内侧斜坡一字排开,每人手持一根竹竿,用来拨开草丛查看漏水情况,也兼顾驱赶蛇虫,远远看上去,他们就像是战场上的排雷兵。阴雨连绵,蚊虫肆虐,偶有晴天,又是酷热,好在大家都明白守的是自己的家园,任劳任怨。

上元村的任务更重, 除了守丹阳圩的大堤,还得守胜利圩一半的堤埂。哪边筑的圩堤哪边的人守,是多年来不成文的规矩。上元的劳力三分之二留在丹阳圩堤,三分之一安排到新圩。村干部分工,王三月负责丹阳圩,刘四龙负责新圩。刘四龙说,我们合作社的产业都在那里,新圩的圩堤基础比不上老圩,别人守我不放心,守那里我才踏实。还有一个原因,刘主任私下跟王三月说过,新圩真要是出了大事,我一个农民还是农民,你是吃编制饭的人,年轻着呢,以后的路还长,不能让你背锅。王三月守老圩，但也不敢大意，县乡蹲点干部都住在防汛棚里，他当然也日夜坚守一线。

第一波洪峰安全通过，要归功于祖宗留下的水牮。水牮大多数已被江水淹没，但气势汹汹的洪水到了这里，还是明显减缓。中流砥柱，到关键时刻方显英雄本色。洪峰还会有第二波、第三波，甚至连绵不断，人们刚松了一口气，又得绷紧神经，迎接新的洪峰扑来。王三月坐在防汛棚的塑料方凳上，睡眠不足，上下眼皮老打架，他从烟盒里抽出一支烟，点上，想赶走瞌睡。当初来上元，随身带盒烟是为了方便接近村民，不知什么时候，自己也抽上了。

王三月自我安慰，非常时期，没烟人撑不住。

外面有人问，王书记在这儿吗？

王三月走出来一看，是陈疯子。陈疯子还带着三个人，看面孔，不是本村人。

村里摊派防洪劳力时，没算上陈玉田家。陈家户籍不在本村，房和田都是租的，而且俩老头年龄这么大，出个意外反而会添村里的麻烦。他带人来做什么？王三月递烟，四人皆谢绝。陈疯子指着其中年龄大一些的那人说，这是我儿子，洪灾面前，人人有责。我把他叫回来了。

王三月知道他儿子是个科学家，可现在这里用不上科学家。

“科学家”自我介绍，我是研究无人机的，这两位是我的研究生。我们带来了无人机，可以用它巡视圩堤，发现漏洞。无人机效率高，可以节省人力，也算我家为抗洪出一份力。

王三月握住“科学家”的手，连声致谢。

老圩安排的人多，王三月打电话给刘主任。刘主任将信将疑，说，这东西有这么大本事？王三月说，你可以怀疑我的本事，但不能怀疑科学家的本事。刘四龙应下了，其实心里还是不踏实，巡堤的班次一次没减，只是增加了一项无人机的巡查。几位不肯停留，水也不喝一口，要直奔新圩一线，王三月只得安排船只，送他们过江。

长时间高水位的浸泡，增加了堤埂出险的可能。陈疯子儿子带来的无人机，搭载了光学、热红外、雷达等多种类型的传感器，无人机盘旋在新圩上空，对圩堤沿线进行遥感成像，三位科学人员据此分析再做出判断。送水牌的老者看着头顶上大鸟般盘旋的无人机，觉得稀奇，议论纷纷，这只“大鸟”并没长眼睛，它凭什么能发现险情？事实上第一次发现管涌，就是这只没长眼睛的“大鸟”的功劳。“管涌”这个词是防洪警报上的官方词语，上元人称之为“漏水洞”。找到了那个漏水洞的定位，突击队员立即集结过来，用沙包封堵。水停止了一会儿，大家刚松懈，周围二三米的范围又出现了两三处漏水洞。几位老人赶到现场，拿出了防治方案，在外堤投石投沙包，尽可能阻止进水。各种备用石块和沙包成车成车倾倒在堤埂外侧，收效并不明显。胡老头儿说，看样子这里不是一个漏水洞，是一窝，仅靠堵塞，按下葫芦浮起瓢。宜导不宜堵，我们得赶紧在圩埂内垒坝，水涨坝高，等到水位与外面的江水持平，江水就不会朝漏洞里钻。刘主任平时看不惯胡老头儿，但在抗洪这方面，不听老人言，吃亏在眼前。漏水面积有十平方米左右，筑一个匚形坝，得需要大量的尼龙包装袋灌土堆垒，准备的沙包已所剩无几。刘四龙紧急通知村委的广播员，征集各种包装袋，送到江边七舱大船上，越快越好。胡老头儿说，刘主任，用不着，只需召集人跟我去取就是。我这几年的稻草都用来编织草包，全堆在我家的一楼，现在正是用得上的时候。刘主任说，事不宜迟，突击队马上组织运送草包，灌土、垒包，拖延一秒钟就增添一分危险。关键时刻，胡老头儿家的草包起了大作用，杜乡长派老圩的突击队员火速过江增援，草包柔软，泥土遇水外漏，将草包之间的缝隙自然填充，比尼龙包装袋实用。三道垒坝很快与堤面持平，果然，漏出的江水不再上蹿，垒坝与圩堤中间形成一个镜面的小池塘。险情解除，所有人都累得瘫倒在圩埂上，顾不上擦洗头上、脸上的泥水。

陈玉田和胡老头儿刚才都在稻田里往草包中装土，被毁掉的稻田有小半亩。要是平时，牛啃了几棵稻禾也会引发一场争吵甚至打架，现在稻田的主人也在抢险的队伍中，他只是心疼地看一眼挖出的土坑，没吭声。俩老头儿的共同点是热爱庄稼，他们挖土时尽量往深处取土，尽量少祸害庄稼。稻穗已经吐粒，青葱葱地拥簇在一起，煞是可爱，再晒几回太阳，它们就能饱满金黄，将稻穗压得弯下腰来。看着它们倒伏在脚下，俩老头儿心里都不是滋味。但此刻真的顾惜不了，堵漏如救火，都得豁出去。从前圩区出现溃堤，村民们把门板、床板还有家里贮存的米包都毫不犹豫地填进去。留得青山在，不怕没柴烧。

胡老头儿烟瘾大，坐在泥巴中的他迫不及待地点了根烟，说，老陈，你儿子厉害，那小飞机简直火眼金睛。

陈玉田也坐在泥巴中，眼镜上糊了泥巴，看人看世界都模糊，心里却清晰。陈玉田说，姜还是老的辣，你存了这么多草包，未雨绸缪。

胡老头儿听不懂末句的成语，但晓得是夸奖他，谦虚地说，哪里哪里，不敢当。

胡老头儿转身对大伙说，其实，打这些草包是我家老大的主意，捐出来也是他的主张。他说能在紧急处为村里出上力，他比做什么都开心。

人人都附和着夸起胡红专。陈玉田明白了，夸老子只夸了一个人，夸儿子是老子儿子两人一起都夸了。

陈玉田一直陪儿子他们住在防汛棚里，刘主任几次让他走，他都不肯撤。他的理由是儿子喜欢吃他做的饭菜，他守着，儿子心里才踏实。没有人知道他内心的秘密，他担心的不仅是儿子。

十二　公元一九四五年(民国三十四年)

当年日本人在上元放火烧房,看上去气派一点的砖瓦房都没逃过他们的魔掌。唯一没被烧掉的是村口的祠山庙，看来日本人也惧怕祠山大神的神威。祠山庙坐北朝南,对面原是上元的大戏台,供每年庙会请来的戏班子演出。日本人不敢动祠山庙,把戏台一把火烧了。庙会在即,戏台必不可少,日本佬投降了,上元人驶出六条七舱船,赴东坝镇采购木材和砖瓦等,请来木匠、泥瓦匠、雕匠,马不停蹄地建起了新戏台。东坝镇原是商旅从丹阳湖通往苏南的商埠,是稻米、茶叶和木材的集散地,日本人占领后商家萧条,抗战胜利后小镇复兴。上元村被烧掉房子的农户,凡是还有点老底子的人家,都是从东坝镇购买建材重建新居。

传说当年祠山大神白天在淤泥中挖泥垒堤，入夜化身为猪，拱泥筑堤。圩区一带，判断你是不是懒汉，卷起你的裤管便知。据说祠山与天斗，与地斗，与洪水斗，胫无汗毛，后人以此为荣。其实男劳力们腿上没有汗毛并不是因为抗洪，稻秧栽下后，杂草共生，稻农有一道工序称为“跪田”，双膝着田，胯下夹一行稻秧，膝退人移，沿途双手将稗草之类抠除埋进淤泥，变作有机肥。从前布匹比皮肉值钱，稻农一般不舍得穿长裤跪田，年年如此，小腿自然寸毛不生，与祠山抗洪并无什么关联。庙会有一项规矩，那几天所有人不得吃猪肉，祠山当年化身为猪，忌吃猪肉为表示对祠山大神的崇敬。老辈人说，有年庙会来了一山区捣蛋鬼，饱啖猪肉后来庙会看戏，神灵岂能饶他，戏没开场，这家伙呕吐不止，腹痛满地打滚，口中央求祠山大神开恩。他得罪的不只是祠山，他得罪了整个圩区百姓。自那以后，再没人敢坏庙会的规矩。

魏老爷来上元庙会看戏，对两村而言，其意义不亚于很多年后标志中美冷战结束的尼克松总统访华。日本人烧毁了刘族长的豪宅，宅基地上只剩烧焦的梁柱和黑乎乎的磉礅。磉礅也被称为柱脚，或方或圆。刘族长家的柱子柱柱落石，而石礅之下都埋着一罐银圆，以备不测。刘族长没想到自己埋下去的银圆又被自己掘起，恩泽后人的想法被日本人瞬间击碎。世道险恶，顾眼下顾不到将来了。刘族长重盖了大瓦房，自掏腰包让刘黑皮去请芜湖的黄梅戏团，放出口风，庙会三天，上元村摆流水席，来者都可敞开肚皮吃喝。以前这笔开支都是村里众筹，这次刘族长一人包下了。刘族长说，打败了日本佬，千金散去还复来。跑返才结束，大伙还没缓过气，平均摊派，对落难户是叫花子碗里挖冷饭。试想，若是日本佬劫走了我的老底子，那就是肉包子喂了狗。这钱还在我手里，是天意，天不灭我，这钱花在上元的脸面上，花在庙会上，才花得值。

庙会不能吃猪肉，但亲戚来了不能缺肉，没了肉，喝酒就喝不香。日本人占领这些年，田荒了，湖荒了。丹阳湖里的湖草茂盛，鱼虾长得欢，一网下去，能有半舱鱼，大的青鱼、鲢鱼能有十几斤，小的湖刀和银鱼起网是满眼银。捕鱼的人捕鱼，打猎的人打猎。秋风起，芦苇荡里芦秆黄芦花白，各种禽鸟在芦苇荡上空盘旋。丹阳湖里野鸭多，本地人分为八种，一雁、对鸭、山鸭、世鸭、湖鸭、绿鸭、漆鸭、扒鸭，用本地方言读，即一二三四五六七八，个头依次从大到小。魏村和上元的四舱船在湖荡中穿梭抓鸭，两伙人相遇，在船头立起，抱手一揖，魏村人是送礼用，上元人是待客用。到了庙会那几天，两边的鸭子说不定会在一口锅里。

魏村来了三条七舱船，两条载人，一条装的是礼品。人体面，穿着年节才穿的新衣，礼物更体面，十只沉甸甸的抬箱、一坛坛酒、一匹匹绸，还有堆得冒尖的糯米团子和云片糕。刚过几天太平日子，魏村出手如此大方，也拿出了吃奶的力气。上元人迎候在埠头，船一靠岸，鞭炮齐鸣，欢声笑语，每个人都兴高采烈，停止了好些年的红火日子终于回来了。

刘老爷和魏老爷见过面。一九三六年，上元和魏村在丹阳湖曾发生一场大规模械斗，双方出动了全村的男劳力，上元死一人、伤五六人，魏村死三人、伤七八人。官司打到省政府，省长出面开协调会，魏老爷和刘老爷作为乡绅代表参会，两人唇枪舌剑，双眼冒火，恨不得一口把对方吞下。此一时，彼一时，如今俩老爷见面，行宾主之礼，斯文有加。当日午餐，设在刘老爷家正厅，一张八仙桌，魏村三位，魏老爷、魏长叉加一位魏氏秀才，上元也对等三位，刘老爷、刘黑皮加一位在省城洋学堂读书的刘氏子弟。国与国之间交往有讲究，村与村之间也有礼节，俩老爷身边都是一文一武。另两位贵宾，一位是来自大同大学水利研究所的教授陈大先，另一位是本县县长的秘书。

刘府新建不久，正厅面貌一新。堂上是一幅陆羽烹茶的水墨山水画，一左一右是题为“远山近水皆有情，清风明月本无价”的对联，一堂红木家具原色原香，一排立柱却刷的是红洋漆，味道呛人，魏老爷有些不适应，接连打了几个喷嚏。魏老爷说，刘族长家大业大，那年听说鬼子在上元烧杀抢掠，刘府首当其冲，想不到鬼子一走，刘府华堂崛兴，龙楼凤阁，鬼子不走怕也得被您气死。刘老爷说，兄台见笑，经历了这场战乱，才明白钱财乃身外之物。不怕您笑话，这场庙会后我已所剩无几，所以才自我安慰，有“远山近水”“清风明月”足矣。魏老爷说，刘族长志存高远，胸襟阔大。我只顾虑眼前，当下鬼子走了，留下的烂摊子一时难以复兴，老百姓饥寒交迫，尽管可以用湖产抵挡一阵子，但没有主粮，这日子还是难挨。可是等到明年的稻子收割，还得大半年。

刘老爷看刘黑皮一眼，举起酒杯敬魏老爷，说，话赶话，说到这里，我向兄台进一言。

魏老爷一口抿了，说，请兄台赐教。

刘老爷说，丹阳湖大泽由三湖组成，古时一片汪洋。春秋时吴国筑濑渚邑为固城，又筑相国圩附于城。后来因吴丞相有宠于君，因此将此圩赐之，故后人称此圩为相国圩。三国时期，吴国大将军丁奉为解决军民粮食问题，来到丹阳大泽，见四野茫茫、草盛泥肥，于是率十万大军筑埂成圩，始有金银圩。丹阳圩始筑于北宋政和年间，围湖造田也是为民生计。从古至今，帝王将相都是不断向丹阳湖争田争粮，才有如今大大小小数十个圩子。战乱刚过，民不聊生，若国泰民安、人丁兴旺，只怕粮食更趋紧张。我心生一念，如果我们两县人民合力将丹阳湖筑成一个新圩，就能得良田万亩。我斗胆向兄台禀报，不知兄台以为如何？

魏老爷一拍桌子，说，好，好主意。刘族长果然高瞻远瞩，大手笔大气魄。

陈大先一惊，一根筷子落到地上，顾不得弯腰去捡。他说，两位老爷，使不得，千万使不得。

刘老爷那番说道，大多是平时聊天时在陈大先这里听闻。但刘老爷说话，只是截取了为他所用的史实。陈大先说，两位老爷，请允许我讲几句。相国圩、金银圩筑成后，丹阳大泽水患没有明显增多，但丹阳圩筑成后，横截水势，每遇泛涨，冲决民堤。南宋时江东转运司调查后认为，丹阳圩圩田七百三十顷，每年收米不过两万石，而导致数州民田淹没所失的税收却是其数倍。上报朝廷，最终因异议而搁浅。至明朝刘伯温在固城湖东筑东坝后，三湖之水不复东流，水位陡增，造成大批圩田淹没。正德七年，仅三湖一县被毁良田十万余亩。根据史料可知，三湖县水患从明朝开始愈演愈烈。倘若将丹阳湖再筑圩围垦，无异于雪上加霜……

陈大先一口气往下说，刘老爷的脸色越来越阴沉，魏老爷却面露笑容，频频颔首。刘老爷没想到陈大先这个书呆子关键时刻唱反调。刘黑皮突然起身，拽住陈大先的胳膊，说，陈先生，门外有位亲戚找您呢，我们去看看是谁。不由分说，把陈大先拖走了。

魏老爷说，继续聆听兄台高见。

刘老爷说，这事得由我们俩联手才能促成。我们同时向两县县长申报，仅凭我们两村村民之力，肯定做不成这件大事。只有得到两县官府支持，发动民众，才可希冀。我想过了，民工出工，以工分计田，将来有路远不便耕种者，由我俩将他们名下垦田悉数买下。呈报上官的具体方案，我已准备好，请兄台鉴定。

魏老爷接过刘黑皮早已备好的信札，说，刘族长好笔墨，笔中聚天下山水之灵气。

魏老爷终于明白了刘老爷的葫芦里卖的什么药。不过，共赢双利的好事，他何乐而不为？这刘金奎确实不是等闲之辈，若真如他所说穷得掉底了，到时候，他拿什么去买民工的份子田？

刘老爷说，事不宜迟，我俩各自抓紧去办。入冬后西风起，丹阳湖的水将涌进石臼、固城两湖，正是筑圩埂的好时机。

魏老爷端起杯，说，干。

其时，国共已经开战，三湖县处于国统区，三湖县的共产党游击队遭遇国民党军队的围击，损失惨重，奉命北撤。国民党省县两级政府官员忙于内战差事，无心理政。刘老爷和魏老爷在这件事上结成利益共同体，他俩劲往一处使，上下活动，不久便拿到了那一纸批文。

陈大先始终想劝阻刘金奎，而刘金奎绝不允许陈大先挡他的道。围湖垦田是利民利己的千秋功业，凭什么先人们围湖垦田青史留名，我刘金奎同样做好事，你陈大先却要加我以千古罪人之名？刘金奎不待见陈大先，终于有一天吵翻后，陈大先被逐出刘府。

陈大先搬出刘府之前，朝刘老爷作了深深一揖，说，只求新圩筑成后，只做良田，不驻村寨，万一洪水滔天，新圩依然可储水分忧。刘老爷点头同意。建圩以来，不论是国民党统治时期，还是中华人民共和国成立后，这一条定为铁律。

“德先生”和“赛先生”，当然还有陈先生，这时的刘老爷觉得，他们都应该去喝西北风。

陈大先搬进了圩埂脚下的一处涵洞。涵洞外通水阳江，内通圩内内河，用于大旱时放水进圩灌溉庄稼，平时通江水那侧用石头封死，冬暖夏凉，是逃荒要饭的乞丐的栖身之处。若是夏天，蚊虫飞舞，而且还有蛇和老鼠藏身其中。好在已是深秋，陈大先住在里面还算太平，只是偶尔有几只老鼠夜中骚扰，陈大先点亮防风灯，它们就落荒而逃。这只防风灯，是他离开刘府时，刘太太硬让他带走的。那年代的学者研究强调田间调查，风餐露宿是调查考察时的家常便饭。陈大先内心并不怨恨刘金奎，一个地主为得到土地不顾一切，可以理解，恨只恨官员们的糊涂与昏聩，误国误民。住在逼仄的涵洞里，饥一顿饱一顿，倒让他对刘老爷有了感激之心。这么多年，每次来水阳江畔，他都是住在刘府，热饭热菜，刘老爷待他为上宾，如果不是出于公心，他不该与刘老爷为敌。他两次回到省水利厅，禀告丹阳湖筑新圩的利害，并将自己的分析著述成文呈上，可没人理睬。厅长只是朝他一笑，劝他不必情绪激动，批文是省长签发，他一个厅长挡不住，一个小小的研究员想阻挡，更是螳臂当车，不自量力。陈大先灰溜溜儿地回到上元，向村民游说筑新圩的危害，村民们避之唯恐不及。这个书生，是个忘恩负义的狗东西，书读到狗肚子里了，刘老爷家的好菜好酒喂到狗肚子里了。陈大先在上元待不下去，修书一封，托三湖县的地下交通站向上级钱中英汇报。半个月后陈大先接到指示，令他离开三湖，去我党苏皖边区政府水利局工程科报到。钱中英那时正是这个工程科的科长兼华东军区兵站部交通科副科长。

陈大先接到指令之前的那几天，丹阳湖筑新圩的工地热火朝天、人欢马叫。

新圩定名为胜利圩，取庆祝抗战胜利之义。新圩设计为椭圆形，两侧留水阳江水道，三湖县和湖阳县民工各筑一半圩堤，刘老爷和魏老爷各任本区域筑圩总指挥。正是枯水期，民工从水牮处筑坝拦截水阳江，西北风劲吹，将湖水吹向东边的石臼湖，丹阳湖的湖底裸露在青天白日之下。民工们挖土成沟，肩挑手提，挖泥土堆积成一条长龙。遵照祖先围圩之法，新圩必须设两处“亮陡门”、两处“暗陡门”，四处涵洞为圩内外排水之用，内涝向外排，内旱向内排。所谓“亮陡门”，就是露天水闸，水闸用巨石制成，宛如一扇巨大的门板，用绞绳升降，那摇把又长又粗，摇动时需十个劳力上阵。“暗陡门”看不到门，是在圩埂的内侧中间，砌出一个蓄水池做中转站，圩埂外侧架一排人工水车，有涵洞通蓄水池，内侧往往置二到三级水车，逐层向蓄水池送水。每当男劳力们爬上扶手踩水车，便是圩区男女老少观赏的独特风景，中华人民共和国成立后水车换成了抽水机，黑乎乎的铸铁水管在斜坡上趴成一排，宛如巨蛇阵。筑“亮陡门”是筑圩最重要的工程，巨石可从皖南山区定制，最难的是奠基。

奠基难在找人，旧时恶俗，重大建筑需用活人奠基。据说春秋吴国筑相国圩，北宋筑丹阳圩，每个“亮陡门”的门石下都有被埋葬者的呻吟。三湖的筑圩指挥部设在刘府，三湖县一众地主乡绅在刘府大厅一筹莫展，最后是刘老爷拍板，把任务交给了民团团长刘黑皮。奠基当然得选吉日良辰，那天鸡叫头遍后，指挥部头面人物悉数到场，跪拜之后，民团的人将一白衣白裤的人塞进坑内，夜色尚浓，那人嘴中被塞了破布，所有人只听得见哼哼之声，却看不见那人面目。

小老头儿大惊，打断老老头儿的话，说，您是说那人就是陈大先，是我爷爷？

老老头儿说，这只是一种猜想。你爷爷之死，还有别的可能。

当年老老头儿北上找到陈大先的上级钱中英时，钱中英认为，陈大先同志是在过长江时遇难的。接应陈大先的交通员在江北码头交通站苦苦等待了几天，都没有等到陈大先。一种可能是乘船过江时船翻人亡，这种事故当时在长江中时有发生。另一种可能，陈大先的地下党员身份途中被国民党特务发现，在脱逃时被敌人子弹击中。中华人民共和国成立后有关部门搜查国民党监狱宗卷，一直没有找到陈大先在押的资料。

胜利圩最终筑成于公元一九四七年春天，其时国共两党的战场上硝烟弥漫，国民党后方官员人心涣散，刘老爷魏老爷既为筑圩牵头者，又为官方任命的总指挥，出面向两县民工兑现承诺。刘老爷购得湖田八百亩，刘老爷捐出其中二十亩作为义田，收获用来赈济上元刘姓贫困户，奇怪的是，陈大先不姓刘，远在浙江老家的陈大先妻儿却连续两年收到了寄自上元的义金。

十三　公元二〇二〇年

丹阳圩的抗洪指挥部设在鳜鱼嘴，这里是圩堤突出的一段，正面迎对着水牮之后江水形成的第二波洪流，历史上在这里曾发生两次溃口。尽管人民公社时期，每到冬闲，公社都召集劳力来此筑圩，把圩埂筑得特别高、特别宽，但每次过洪，这里还是丹阳圩防洪的重中之重。指挥部搭在埂面，也就是比别处抗洪棚多搭了几个大帐篷。杜乡长和王三月昼夜驻守在此，县长几乎每天来巡查一次，突击队队员们也在此宿营。

指挥部的一日三餐由卜银花带领妇女们做好并送来。防洪伙食，县乡两级都有拨款补贴，老杜面对丰盛的菜肴感叹，要是来瓶白酒就美了。老杜也就嘴上说说而已,这时候谁敢喝酒?喝酒误事,这样的时刻是误大事，老杜一乡之长也没胆子碰这红线。卜银花在这非常时期也没忘记她的直播,不过内容有所改变,主要是直播抗洪现场了。杜乡长放下碗,说,卜委员饶了我吧,上次那个直播,我老婆看了打电话给我说,你把我的半个屁股当老腊肉晒出来了。众人都笑得喷饭,确实有这么回事。那天老杜带着打桩队在江水中打桩，打的桩不是一般的桩,是大树笔直的树干,在圩埂外的顶浪处打下一排树桩,可减轻圩埂的压力。老杜年纪大,下水扶桩,年轻人力气大,使锤砸桩。打下一根,老杜上岸选另一根树桩，卜银花正带着送饭的妇女们路过，她放下饭篓,拿起手机就录像。老杜的短裤本来就在屁股上扯了条口子,水一浸,布往上贴卷,弯腰时屁股正对着镜头,暴露出一截被水浸得乌青的老皮老肉。卜银花说,战时状态,谁还在乎看乡长的屁股?

笑声一片,大伙忘记了疲乏。

王三月有一个星期没洗热水澡了。在这里驻守,人人都是往江水中一跳,拍打几下身子就算洗澡,本地人叫“老鸹澡”。王三月不适应,江水泥沙俱下,明明擦洗得仔细,但穿上衣服,皮肤糙得慌,用手一搓,能搓下一层细沙。这天吃过晚饭,王三月向杜乡长请假,回宿舍洗个热水澡。

王三月洗完回到指挥部,杜乡长正在昏黄的灯光下抽烟。王三月说,刘四龙人呢?老杜说,走了,划船过江了。王三月说,他没说什么?老杜说,没说话,鬼头鬼脑地将帐篷看了个遍,递给我根烟,拿上桨和桨拐,上新圩了。这家伙,抽的烟烟嘴上还带颗爆珠,只是话少,话比这爆珠烟还稀罕。

自从儿子他们上了新圩圩埂,小老头儿就顾不上老老头儿了。他在帐篷里忙前忙后,难得扮演了一回慈父的角色。闲下来,他依然没改掉四处转悠的习惯。这天下午,云层里射出了一缕阳光,陈玉田在堤脚不小心摔了一跤,摔得不重。他想揪出一把青草时,突然缩回了手。天,这不是一丛草,不,这也是草,是他要找的仙草,它们有两蔸。他凑近,阳光下叶上细小的绒毛,仿佛新生儿皮肤上金色的初绒,可爱至极。你们从哪里来?陈玉田无法知道。你们到哪里去?陈玉田清清楚楚。踏破铁鞋无觅处,得来全不费工夫。陈玉田庆幸之后觉得,他摔这一跤,是野稻要拽住他,感动于他这么多年来的苦苦寻觅。

再也不能让牛啃了它们。幸亏,抗洪以来,牛也不过江了。陈玉田还担心它们被村民们当青草割了,剁碎了喂猪喂羊。幸亏,所有劳力都上了一线,没人顾得上给牲畜喂青饲料。这两蔸野稻,比田里的稻禾晚了至少有二十天,陈玉田恨不得它们能马上抽穗、开花、结实。但是，野稻再与他有缘，它的生长规律也不以陈玉田的意志为转移。陈玉田像一个老年得子的父亲，这柔弱的生命，真是捧在手上怕摔，含在嘴中怕化。他计划着要在这两蔸野稻的周围插上铁栅栏，竖上一块标牌，而他以后的日子，再也不跑东跑西，就守在这里做它们的保护人。

灾难总是让人猝不及防，溃坝发生在凌晨五点多钟，地点在湖阳县魏村段。当急促的锣声在夜空中疯狂敲响时，洪水冲毁的只是四五米长的堤埂。但是，只不过十几分钟时间，它就如猛兽般张开血盆大口，吞没了一百多米长的堤埂。所有抗洪棚里的人都站到了堤埂上，无措地等待洪水扑过来。没有人注意到，陈玉田扛起一把铁锹，拎着一个尼龙袋，扑向了堤脚。他只想着防人防牛，怕伤害他的仙草，莫非老天想收了去？他陈疯子绝不答应。等他把两蔸野稻连根带土装进尼龙袋，一股水流将他抬了起来,陈玉田连喝几口浊水,失去了知觉。幸亏他身上穿着红色的救生背心,他醒来的时候,手里还牢牢地扯着尼龙袋。那两蔸野稻还在袋中,但能不能存活只有天知道了。

小老头儿说,谁救了我,是谁把我送上岸的?

没有人回答他。

小老头儿说,我感觉先是一群奔腾的白马,它们杀气腾腾地扑来,引领着巨大的浪头席卷了稻田,把我卷起。我正在水中上下翻滚,是一头白色的猪,把我高高地拱起,拱到了水面上。

胡老头儿说,白色的猪?你以为是祠山大神救了你?

救他的是刘四龙。刘四龙也被冲下了堤脚,他解开了快艇的绳扣,与袭来的洪水抢时间抢人。尽管上级三令五申,新圩不准建村设寨,但是总有一些人心存侥幸,在圩内搭建临时棚子。洪水袭来,有十几个人爬上屋顶或者攀上树梢呼救。刘四龙驾着小艇，将一拨又一拨人送上圩堤，其中就有陈疯子。在他第五次驾艇离开时，他的快艇再也没回来。两天以后，洪水已经在新圩内形成一片汪洋，人们在露出水面的树梢间，找到了刘四龙的遗体。

十四　公元二〇二〇年

到了八月下旬，汛情解除。

好在胜利圩破圩，除了上元的村主任为救群众牺牲，再没有一人丢性命。

柏亚男带人来到上元，及时给投保农户做了赔付，受灾户挽回了大部分损失。柏亚男及时宣传“新农保”的政策，这一次，柏经理受到村民们的热情欢迎，事实胜于雄辩，赔付款真的拿到了手，这是硬道理。当然，柏经理也受到了王书记的热烈欢迎。久别重逢，古人词曰：金风玉露一相逢，便胜却人间无数。大学课堂里王三月读过这两句诗，只是到此时，他觉得才算读懂。

这天，省宣传部门的记者来到上元采访，王三月和卜银花负责接待。卜银花搬出了螃蟹合作社的账本，刘四龙把每年的分红都补贴给螃蟹亏损户，拿到补贴的人都有签字或者按了指印。按记者要求，卜银花打开了刘四龙住的房间，房间的模样和王三月住的一模一样，只是房间里有一股溲酸味，那天晚上他换下的衣服扔在沙发上，没来得及洗。卜银花的泪水止不住地往下掉，王三月突然忍不住哽咽起来，比卜银花的伤心程度有过之而无不及。

陈疯子再也不出去疯了，他把那两蔸野稻移到了试验田里。这两蔸野稻是陈疯子的宝贝，同时也成了王三月眼中的宝贝，他晚饭后也喜欢到田间看看它们。这两蔸野稻没有辜负陈疯子，秆茎恢复了元气，叶子挺立。陈玉田将它们移植于稻田一隅，说等稻粒挂穗，就搭防护网，以免鸟雀啄食。晚风中，稻浪起舞，其中有一棵高出一截的稻秆尤其招摇，仿佛是一位领舞者。王三月觉得奇怪，它怎么没有抽穗？陈疯子推了推眼镜说，它不是稻子，它是稗子。他下田拔了稗子，扔在田埂上，说，我不用除草剂，免不了有稗子鱼目混珠。陈疯子说，对了，王书记，你怎么有空来我这稻田？王三月说，忙是忙，忙着修筑缺口，开动陡门和涵洞的抽水机排涝，救庄稼呀。可是，再忙也得抽时间看您的仙草。陈疯子说，湖让人一步，人也应该让湖一步，人与这湖天生有个度，不能过度。其实，根本就用不着再去管它了，人类不去插手，三五年之后，这丹阳湖就能恢复元气，回到李白笔下的美境，湖与元气连，风波浩难止。还有那什么什么的诗，我忘记了。

陈疯子这想法，就是上面提倡的"退耕还湖"，王三月觉得陈疯子的思维走在自己前面。饥荒年代，围湖造田，是为民生计，但毁了生态，不是长久之计。王三月约杜乡长喝酒，杜乡长说，都说绿水青山就是金山银山，这道理上上下下都懂，可具体落实不容易。前两年，县城搞湖滨湿地公园，占用了城郊圩区一批圩田，与农民签约每年每亩补贴一千五百元，每年都是县财政的一个包袱，只怕你这想法再好，县长书记也不会拍板。

就没有不动用财政补贴的办法吗？

杜乡长抿了一口酒，说，也不是没有办法，羊毛出在羊身上。这新圩里的圩田一半以上都挖了蟹塘，如果还湖，可以在湖面上网箱养鱼养蟹，按田亩数字分配网箱面积。不养的人可以出租，丹阳湖的水是流动的活水，网箱养鱼和养蟹对水质影响不大。只是，这第一批购置网箱的钱，老百姓肯定不会自己掏，还得依靠县财政。

王三月敬酒，说，您这么好的主意，藏在心里不烧心吗？

杜乡长说，这么大的事，我一个小小的乡长没有话语权。

王三月说，照您这意思，我岂不得早早偃旗息鼓？

杜乡长说，你我不同，我是马上退休的人，夕阳西下，你是早上七八点钟的太阳，是干事的年纪。而且我相信，你有办法将你的想法和方案送到常委会上讨论。

老杜朝他眨巴了一下眼睛，说，湖与元气生，烟波浩难止。我也想退休后，能看到李白诗中的丹阳湖美景。

王三月知道这是李白丹阳湖诗的另一个版本，三湖县的文人们曾为谁是正版争得面红耳赤。原来每个丹阳湖湖畔的人，心中都藏着一个李白。

王三月当然听懂了老杜的话中音，只不过，他不想走那位未来老丈人的门子。利国利民的事，该他担当他就必须担当，赴汤蹈火也在所不惜。前有别人口中的陈大先，后有亲眼所见的刘四龙，一个个前赴者甚至勇敢地付出了生命，他们是他的榜样。他暗下决心，要尽快将想法落笔成具体方案，直接递交书记和县长，哪怕有莽撞之嫌，只要能成事，那又如何？